Salvataggio Alfa

Alfa Ribelli

Renee Rose

Lee Savino

 Creato con Vellum

OTTIENI IL TUO LIBRO GRATIS!

Iscrivetevi alla newsletter di Midnight Romance per ricevere La Vergine e il Vampiro e notifiche riguardo a nuove pubblicazioni!

https://dl.bookfunnel.com/wg56byh1hb

OTTIENI IL TUO LIBRO GRATIS!

Iscrivetevi alla newsletter di Renee per ricevere Preludio e Indomita, scene bonus gratuite e notifiche riguardo a nuove pubblicazioni!

https://subscribepage.com/reneeroseit

Ricevi un libro gratuito, **Allevata dai Berserker** (solo per i fan più sfegatati iscritti alla newsletter di Lee). **Clicca qui per cominciare**

Capitolo uno

T *eddy*

Il sole riscalda il mio versante del monte Bad Bear, quando esco sul sentiero per la corsa mattutina. Qualcosa nel vento mi attira verso la cima.

In genere supero il paese o mi reco alla baita di famiglia, ma oggi è più tardi del solito e non voglio avvicinarmi ai vicini o ai miei fratelli. Bad Bear è un paesino di duecento anime sparpagliate per la montagna, ma in alcuni giorni sembra una boccia dei pesci, e ultimamente fanno tutti la fila alla mia porta.

Per di qua posso evitare tutti e godermi un po' di pace. Questo almeno mi dico, ma la decisione sembra più istintiva che razionale. Mi sta guidando l'orso.

Forse sulla cima troverò delle bacche premature.

Per svuotare la mente mi serve una bella corsa, e poi magari una lunga lotta. Da quant'è che non monto sull'elicottero? Il servizio taxi va a rilento, ma non voglio pensare neanche a questo. Potrei contattare il branco Black Wolf di Taos per farmi dare qualche lavoretto, ma continuo a rimandare.

Forse hanno ragione i miei fratelli: sto diventando un eremita. Ma l'orso è nervosetto, più burbero del solito, dall'ultima missione. Mi sono preso una pausa, ho persino smesso di accettare i combattimenti a Taos e di vedere gli amici del branco di lupi. Per dargli spazio, mi sono detto, ma la verità è che vederli felici con le compagne mi fa andare fuori di testa.

Per quanto corra, non potrò mai distanziare il passato.

La giornata è bella, con un limpido cielo azzurro, ma una folata di vento mi dice che nel pomeriggio ci sarà tempesta. È una primavera umida, e sbocciano più fiori del solito. Ma il lampo rosa acceso davanti, sul sentiero, non è un fiorellino selvatico in sboccio.

Lì. L'orso vuole che mi fiondi lì. Invece smetto di correre e proseguo furtivo per raggiungere di soppiatto un pineto che possa nascondere la mia stazza.

Il rosa appartiene a un'umana dal profumo floreale. La pelle scura viene risaltata dal rosa forte dei suoi abiti. Persino la bottiglia d'acqua che ha è dello stesso assurdo colore. Ma chi va in escursione vestita così?

Il vento cambia, e ricolgo il suo profumo. Fiori e miele, e qualcos'altro. Le femmine umane per la maggior parte hanno un odore pacchiano, visto l'uso di lozioni per il corpo dagli odori fasulli. Ma questa qui odora di pulito come la pioggia, come il creosoto.

La seguo di qualche passo, prima di rendermene conto. Di solito mi tengo alla larga dagli umani, soprattutto dalle femmine. Portano guai, e se potessi li bandirei tutti dalla montagna. Ma non posso. Il paese adora i turisti, e per quanto protesti la sindaca continua a escogitare piani per attirarne sempre più.

Ovviamente non mi darebbe fastidio, se più turisti somigliassero a questa qui. Dopo qualche minuto di pedinamento, sono abbastanza vicino da vederla bene, quando si ferma a bere. Con la mano libera si scosta dietro alle spalle le lunghe trecce – nere con le punte rosa fluorescente – poi si piazza il pugno sul fianco bello rotondo. Gesto che le fa sobbalzare il seno. Indossa una tenuta oltraggiosa con un'incredibile scollatura, da acquolina in bocca. Di solito non ho nulla contro il rosa, ma questa tonalità è forte e accecante, discreta quanto un pugno in un occhio.

Non riesco a staccarle gli occhi di dosso.

Prosegue per il sentiero a testa alta, le trecce che oscillano sul sedere sculettante.

Proseguo in silenzio, mantenendo le distanze. Sono scalzo, con vecchi jeans che hanno più buchi che tessuto e una maglia a maniche corte tanto lisa da vederci attraverso. La barba sta toccando proporzioni bibliche. Però è morbida.

Mi rendo conto di massaggiarmi il volto e lascio ricadere la mano. Cosa me ne frega del mio aspetto? Non sto mica andando a un appuntamento. Io non esco con nessuno. Non più.

E comunque non uscirei più con un'umana. Mi diedi questa regola a diciotto anni, e non la infrango da allora. Non ne sono neanche stato mai tentato.

Allora perché il profumo di questa piccola umana mi fa tanto effetto?

Sopra le nostre teste, un uccellino atterra su un ramo e cinguetta. Poi mi vede e ammutolisce.

La piccola umana si gira. "Bentley? Sei tu?"

Raggelo, ma come tutti gli orsi mutanti, caccio e pedino da quando ho imparato a camminare. Ciò che non mi è venuto con naturalezza, l'ho imparato nell'unità di forze speciali. Fra me e lei ci sono una valle di pini, tre cespugli di alloro e un masso. La distanza e le ombre screziate del sole mi camuffano, e sono controvento. Non che possa sentire il mio odore. Gli esseri umani non lo sentono mai.

"Bentley," chiama di nuovo. "So che ci sei. Non sei spiritoso."

Dal sentiero superiore, si apre la strada fra i cespugli un altro umano. Un maschio, cereo e con un odore acidulo. "Sono qui. Cavoli, Lana," fa quello. "Dovevo pisciare."

Che stronzo. Odio che le parli così.

"Ah." Addolcisce la voce. "Però dimmelo la prossima volta. Credevo fossi un orso."

"Magari fossi così fortunato," borbotta il tipo, e devo trattenere un ringhio.

"Ti ho sentito, sai," ribatte lei con più affetto di quanto meritino commenti tanto maleducati. Fossi nei suoi panni gli staccherei la testa dal collo.

Forse gliela staccherò sul serio.

I due proseguono ad arrancare e ansimare su per la montagna bisticciando come la coppietta di una sitcom. Li seguo ascoltandoli attentamente. Chissà perché non me ne vado. Sono due escursionisti. Niente di che. Ma l'orso non vuole che li perda di vista.

"A mamma e papà sarebbe piaciuto tantissimo," fa lei. Ha la voce liscia e musicale come quella di una colomba, mentre il compagno stride come una sega circolare.

Quindi Lana e Bentley non stanno insieme – sono fratello e sorella. Fratellastro e sorellastra.

Lui sta masticando del manzo essiccato troppo caro, e quando ha finito butta l'incarto giallo sul ciglio del sentiero. La femmina ruota verso di lui. "No. Neanche per idea. Niente spazzatura in giro." Lui mormora qualcosa, però lo raccoglie e se lo infila nello zaino. Poi butta una barretta di granola mezza mangiata e lei lo sgrida di nuovo. "Non possiamo lasciare qui alimenti umani, Bentley. Ricordi? Non dare da mangiare agli orsi."

"Sì, sì..." Sventola una mano come per scacciare una mosca.

La delusione inonda il volto della donna, e mi ritrovo di qualche passo troppo vicino agli escursionisti, a mezzo secondo dal presentare il pugno a quella faccia da cazzo.

Lei brandisce una borraccia rosa acceso. "Un po' d'acqua?"

"No."

"Frutta secca assortita? L'ho preparata io." Recupera una borsa piena di quelle che sembrano fettine di mandorle e M&M. "Solo roba buona." Se ne ficca una manciata in bocca e mastica. "Mmm, squisita. Dai, fratellone, assaggia."

"Finiamola, dai. Fino a dove dobbiamo arrivare?" Piazza lo stivale su un masso e se lo allaccia con un'occhiataccia ai fiori bianchi che spuntano ai suoi piedi, neanche fossero una pila di deiezioni canine.

"Fino in cima."

"Mica lo scoprono se spargiamo le ceneri qui." Fa un gesto della mano a una cengia.

Si piazza le mani sui fianchi. "Dobbiamo ricordarli. Questa è un'escursione della memoria. Solo io e te." Si tira giù dalle spalle uno zaino rosa e nero e ne estrae una bella urna. La foglia d'oro dipinta in vortici sul fianco lampeggia nella luce primaverile. La solleva. "Senti, lo so che è difficile..."

Il fratello incrocia le braccia con espressione annoiata. Sembra al bar in attesa del cappuccino, non in lutto per i genitori.

"...ma questo volevano," continua lei. "E così tanto da inserire l'escursione nel testamento." Si preme l'urna al petto. "Volevano che ci venissimo tutti e due, per creare dei ricordi."

Il tipo storce la bocca, come avesse visto qualcosa di disgustoso. "Sono venuto solo ed esclusivamente perché è obbligatorio. Appena finito, tu erediti la tua metà e io la mia. Poi non dovremo rivolgerci la parola mai più."

"Senti, Bentley. So che da piccoli non andavamo d'accordo." Le sfugge pure una risata forzata. "So che quando avevo sei anni mi staccavi la testa delle Barbie per metterle su spiedini da kebab. Comunque ti ho perdonato." Aspetta che risponda, ma lui prosegue per il sentiero. "E mi dispiace ancora di aver detto alla mamma e a Roger che eri stato tu a riempirmi il mio orsacchiotto preferito di fuochi artificiali e avermi dato fuoco al letto. Non sapevo che ci avrebbero mandati in collegio."

Bentley fa finta di non sentirla.

"Mi piacerebbe avere un rapporto con te adesso che siamo adulti. Ho pensato che l'escursione potesse avvicinarci."

"Hai pensato male."

Che stronzo. Non so che me ne freghi, però. Ma perché origlio questa triste ma irrilevante conversazione? Dovrei ritirarmi, ma i piedi non vogliono mettere distanza fra me e la femmina.

Il che è folle. È un'umana. Off limits.

Non mia.

L'orso però non sembra d'accordo.

Ecco perché incombo appena fuori visuale, come uno stalker, sorseggiandone il profumo.

No. Stringo i denti e mi costringo ad allontanarmi. Prima metto distanza fra me e la femmina dal profumino dolcissimo, meglio è. Stare nei dintorni di un'umana allettante non può portare a niente di buono.

L'ho imparato con le cattive.

* * *

Lana

Non riesco a scacciare la sensazione di essere osservata.

Dopo aver girato e passato al setaccio il bosco per l'ennesima volta, chiedo a Bentley, "Hai sentito?"

"Cosa?"

"C'è qualcosa nel bosco. Mi è sembrato di aver visto..." Mi fermo per schermarmi gli occhi. La memoria mi dice che un secondo fa strisciava un'ombra fra gli alberi, ma adesso non c'è nulla. "Be'... forse era solo un uccello."

"Forse è un brutto orso cattivo che salterà fuori dagli alberi per mangiarti."

Lo guardo arricciando il naso. "Sembri non vedere l'ora."

"Forse."

Scuoto il capo. Mi arrendo – non ce la farò a costruire un ponte fra me e Bentley. Mamma e papà l'avrebbero voluto – credo sia per questo che hanno escogitato questo piccolo rito – e ho fatto del mio meglio per legarmi a lui, ma fa lo stronzo. E io ho degli standard personali da rispettare.

Avanzo pestando i piedi e grattandomi la nuca formicolante.

Bentley fa il giro per venire da me e si aggrotta tutto, come sentisse puzza di calzini di lana sudati. "E che cazzo hai addosso?" domanda, come mi avesse criticata per tutto il tempo.

"Che bello che tu me l'abbia chiesto." Mi metto in posa. "È la nuovissima linea da escursione della GoddessWear."

Tira su rumorosamente con il naso e mi supera riavvitando il tappo alla bottiglia d'acqua. Non apprezza nemmeno il tessuto altamente tecnologico tagliato in sbieco perché mi delinei in maniera lusinghiera le curve. Sono piccina e meravigliosamente rotonda, e questa nuova mise è contemporaneamente sexy e sportiva. "Nessuno crea completini da escursione carini con taglie da dea," gli dico. "Perciò mi sono data l'obiettivo di risolvere la cosa." Non riesco a escludere l'immenso orgoglio dalla voce.

"Ma proprio di quel colore?"

"Che ha di male il rosa? È il mio colore preferito."

Bentley mi squadra da capo a piedi tirando ancora su col naso. "Risplende tanto che ti vedranno da Santa Fe. Luccica al buio?"

"Sì," dico trionfante. "Nel caso in cui mi perdessi o cadessi in un burrone. Così sarà più facile per i soccorritori trovarmi."

Marcia avanti borbottando sottovoce.

"Gli incidenti capitano, eh," cinguetto, e scatto da lui.

"Poco ma sicuro." Chissà perché, ma sembra compiaciuto. Si pizzica il naso. "Ma perché poi papà voleva essere buttato su questa montagna?"

Mi mordo il labbro per non staccagli la testa dal collo: il verbo *buttato* in riferimento alle ceneri dei nostri genitori mi piace poco.

Io sono fatta di sole. Questo mi diceva sempre la mamma, comunque. Probabilmente un meccanismo di coping appreso derivante dalla convivenza con un fratellastro che mi odiava e dall'essere stata cresciuta da tate e parenti ricconi molto poco interessati a me.

La mamma e Roger non erano genitori molto presenti. Dopo il collegio, andai a vivere da sola.

Mi fermo per massaggiarmi il petto, ma è un gesto automatico, non necessario. Gli stretti nodi sotto ai pettorali si sono allentati. Volevo molto bene ai miei, ma lo shock e l'orrore dello schianto dell'aereo privato che gli ha portato via la vita è scemato. Sono stanca e un pochino vuota, e pronta a questo passo del lutto. L'urna e le ceneri sono state sul caminetto di casa mia, a Hollywood Hills, per un anno e mezzo.

"Avevano bei ricordi di questo posto," faccio io. "Fu la terza fermata della luna di miele. Dopo Park City e prima di Taos."

"Sono sicuro che è stata un'idea di tua madre. Proprio non arrivo a capire perché si dovrebbe venire volontariamente su questa montagna del cazzo."

"Ma cosa dici? È perfetta. È da cartolina. Molto pittoresca."

"Pittoresca? Che cazzo ha questo posto di pittoresco?" Arriccia il naso, come sentendo puzza di merda di cane.

"Tutto," mi affretto a difendere la montagna. "I monti rosa, il paesino. Persino il nome è carino."

"Chi chiamerebbe mai una montagna *Bad Bear*?"

"Chi ci vive, evidentemente. Forse hanno problemi con gli orsi." Ops, probabilmente sarebbe stato meglio saperlo prima di una lunga escursione nella natura...

Cerco su internet altre informazioni su Bad Bear e sulla ragione del nome, ma la pagina non si carica.

Giungiamo in cima verso mezzogiorno. Non devo controllare il telefono per vedere l'ora – lo capisco dal sole, subito sopra di noi. Praticamente sono una boy-scout.

"Ok." Mollo zaino e bastoni. Negli ultimi trenta minuti, tutto ciò che trasporto si è fatto più pesante. "Ci siamo. Vuoi fare tu gli onori o faccio io?"

Bentley fa un gesto impaziente. "Fa' tu."

"Non esattamente il rispetto che mamma e Roger meritano, ma ok." Estraggo l'urna e vado a un gruppo di rocce e un masso aggettante su un bellissimo panorama.

Mentre Bentley aspetta indietro a braccia conserte sul

petto, io mi arrampico sulla lunga cengia posando un piede dopo l'altro con cautela. Alla fine della piattaforma di roccia, mi avvicino l'urna e guardo oltre il bordo. La lunga caduta mi dà le vertigini. A quest'altezza, e così esposta, sento il vento sventolarmi le trecce attorno al volto.

"Cosa aspetti?" mi urla Bentley.

"Che il vento soffi nella direzione giusta," gli grido di rimando. "Non voglio mangiarmi mamma e Roger."

Mi dà ragione con un grugnito.

Mi staglio sul ciglio del mondo, aggrappata all'urna. Adesso che sono qui, a sudare nel sole caldo, vorrei aver fatto di più per rendere speciale questo momento. Avrei dovuto preparare un discorso. "È il caso che dica due parole?"

"Lana, porca puttana," urla lui.

Ok. Apro l'urna. "Addio mamma. Addio, Roger," sussurro al vento, e lascio volare le ceneri. Penso ai bei momenti passati insieme, le poche vacanze invernali e la cerimonia del diploma al collegio. I nostri genitori viaggiavano molto e facevano la loro vita, ma il tempo vissuto insieme è stato speciale. E sicuramente non ci è mancato nulla. Quando ebbi bisogno di fondi per avviare l'azienda...

"Vuoi stare lì tutto il giorno?"

"Gli sto dicendo addio," sbotto girando la testa. "Erano i nostri genitori."

"No. Erano *tua* madre e *mio* padre. Non siamo una famiglia. Non lo siamo mai stati. E adesso è finita," dice con una sfumatura sinistra.

Serro le labbra. Potrei chiedergli perché deve per forza essere così maleducato, ma con me ha sempre fatto così. Lo ucciderebbe essere gentile con la sua sorellastra minore? Avevo tanto voluto un fratello... un minimo di cortesia e l'avrei adorato.

Quando mi volto, Bentley mi aspetta sul fondo della cengia. Ha un brutto sguardo contento in volto e qualcosa che luccica in mano, che riflette il sole luminoso.

Un coltello.

"Bentley?" Fisso l'arma. "Cosa stai facendo?"

"Quanto sei stupida," sbotta. "Credevi davvero che sarei venuto fin quassù senza cogliere l'occasione? Ti crederanno morta per un incidente. E io ti piangerò. Cavolo, potrei metterti in quell'urna." Fa scattare il mento verso il contenitore adesso vuoto, e me lo stringo al petto, come potesse proteggermi.

"Ma cosa dici?"

"Devo farti il disegnino?"

"Dai, Bentley, che cavolo... mettilo giù. Potremmo farci male."

"Questa è l'idea." Ha la fronte rossa e luccicante. Suda così tanto che potrebbe scivolargli di mano il coltello.

Faccio un passo indietro.

"Eh già." Fa un gesto a me col coltello. "Indietreggia."

Qualche sassolino mi schizza via da sotto la suola e rimbalza giù per il burrone, sparendo. "Ma... precipiterò."

"Esatto." Ha un sorriso maligno.

"È assurdo." Mi porto le mani sui fianchi. "Perché vuoi uccidermi? Per i soldi? Per l'eredità? È divisa equamente. Il testamento ha diviso tutto a metà. Case, investimenti..."

"Dovrebbe essere tutto mio!" Parla sputando saliva. "Era la fortuna di papà!" Il sudore gli scende a torrenti giù dalle sopracciglia rade per versarglisi negli occhi. Se lo asciuga con la mano che regge il coltello.

"Ehi, attento." Il braccio mi si tende per evitare che si tagli. "Non tenerlo così. Ti tagli."

Bentley abbassa l'arma e si asciuga la faccia con quella libera.

Ma gli sto davvero spiegando come tenere il coltello quando vuole assassinarmi? Devo andarmene, piuttosto.

Mi sposto di corsa sul fianco del grosso masso sporgente, ma le opzioni a mia disposizione sono limitate. Il fianco della cengia è ripido, e se poso male un piede cado. Nel migliore dei casi, mi schianterò sui massi sottostanti dopo una caduta di parecchi metri. Nel peggiore...

"Ancora un pochino." Bentley striscia verso di me.

Guardo dietro, alla caduta di centocinquanta metri – o più. "No." Pianto bene i piedi. "Non mi costringerai a buttarmi di sotto. Dovrai accoltellarmi."

"Ok." Fa un altro passo avanti, e nonostante tutto indietreggio di due centimetri.

"È questo il piano? Accoltellarmi? E come fai poi a farlo sembrare un incidente?"

"Ti spingerò di sotto. Magari ti lascerò qui e non ti troverà nessuno." È incerto.

"E se non muoio?" Incrocio le braccia sul petto, poi ci ripenso e le allargo per tenermi in equilibrio, lanciando frequenti occhiate stordite giù per centocinquanta metri. "E se mi rompo solo braccia e gambe?"

"Oh, morirai," fa lui. "Verificherò."

"Scenderai a sfondarmi la testa?" Non so cosa sia più offensivo. Che cerchi di assassinarmi o che lo faccia in maniera... raffazzonata.

Il volto di Bentley si fa sempre più rosso a ogni secondo che passa. "Proprio da te," dice a denti stretti. "Perché devi sempre fare la difficile?"

"Non è vero," ribatto. "Sono sempre stata oltremodo accomodante."

"Non rinuncerò a metà dell'eredità. Il denaro era di papà. Tu e tua madre ne avete solo approfittato. Inoltre lo sapevano tutti e due che la stupida sei tu..."

"Se sono così stupida, perché tu non riesci neanche a uccidermi come si deve? Perché faccio l'amministratrice delegata?" urlo al di sopra del vento. La folata mi sferza le trecce, e altri sassolini rotolano oltre il bordo. Un'altra abbastanza forte e li seguirò giù.

Ora o mai più.

Dovrò scagliarmi contro Bentley per cercare di superarlo. Poi dovrò tenermi in vantaggio per tutta la corsa fino all'auto a noleggio.

Dio, oddio correre. Non ho un corpo fatto per la corsa, ma per poltrire meravigliosamente sul divano. E nuotare. Adoro nuotare.

Faccio una finta a sinistra e poi mi fiondo a destra, ma Bentley mi blocca. Fra noi c'è il coltello, con la punta in su. Pessima situazione.

Tranne che per innaturali chiazze rosse sulle guance, ha il volto orribilmente pallido. Gli occhi sono sgranati e fissi, il bianco che lampeggia come avesse più paura di me. Per questo ha sudato dall'ansia per tutta l'escursione? Intendeva già ammazzarmi?

Parto di corsa, e quando Bentley si lancia, gli colpisco la mano armata con l'urna. Lui strilla e molla il coltello, però mi agguanta con la mano libera. Ci avvinghiamo l'uno all'altra – lui nel tentativo di farmi perdere l'equilibrio e io in quello di spingerlo via.

Vuole davvero buttarmi di sotto. Permetto al corpo di appesantirsi e cadere a terra, trascinandolo con me. Solo che adesso giaccio sui frammenti dell'urna. E Bentley è più vicino al coltello.

Più rapido di quanto lo credessi capace, solleva e brandisce il perfido coltello. Alzo una mano, come se il palmo vuoto potesse fermarlo, e cerco di rimettermi in piedi, ma è troppo tardi. È quasi su di me...

Un ruggito esplode sopra di noi, e un'ombra scura sbuca dagli alberi. La terra trema e perdo l'equilibrio. Per qualche orribile secondo, vacillo sul bordo.

Mi getto in avanti, sbandando giù dalla cengia, verso la salvezza. Verso Bentley e il coltello. Sono quasi diventata un puntino rosa sul fondale di una vista spettacolare, ma quello è l'ultimo dei miei problemi.

Uno spaventoso mostro è appena corso fuori dal bosco. Pelliccia bruna, muso nero, dento lunghi. Tutta l'esperienza che ho della natura proviene dai video di animali visti su TikTok, ma riconosco un orso quando lo vedo. Un orso brutto e cattivo.

È incredibilmente enorme, grande quanto un'auto. E non di quelle piccole, eh. Un SUV. La terra tuona sotto alle sue zampate mentre si precipita da noi. La bocca, aperta, è più grande della mia testa, pronta a divorare me e Bentley in un sol boccone.

Questo sarebbe un buon momento per ricordare cosa si fa in caso di attacco di orso. Si scappa? Ci si finge morti? Si urla come degli ossessi nella speranza che venga qualcuno?

Bentley lo sta già facendo – l'urlo è acuto, stridulo e forte quanto quello di un coro di ragazzine a un concerto K-pop, tinto però di terrore invece che di adorazione. Molla il coltello, che rimbalza sul masso e si incastra fra due rocce. Nella fretta della fuga, mi spintona e cado. Non fin giù – solo per qualche metro. Il mondo s'inclina, gli alberi e il cielo mi ruotano attorno. Sbatto la fronte e negli occhi esplode la luce.

Quando scema, sono sulla schiena, rivolta al cielo. Un ammasso di rocce mi ha interrotto la caduta.

Almeno Bentley l'ha piantata di urlare. O se n'è andato o l'orso l'ha mangiato.

Batto le ciglia, in silenzio. Qualcosa di bagnato mi

gocciola sulla faccia. Forse Bentley riuscirà davvero a prendersi la mia parte dell'eredità.

Digrigno i denti, spronandomi a vivere anche solo per ripicca verso di lui, quando un'enorme ombra piomba su di me. È l'orso, il muso ispido vicino al mio. Da piccola avevo un orsacchiotto. La versione vera non gli somiglia per niente. Tranne le orecchie – quelle sono rotonde, pelose e carinissime.

Grugnisce. Mi alita fiato bollente in faccia.

È la fine. Non riuscirò mai a farlo desistere.

Potrei provare ad alzarmi e scappare, ma le rocce che ho sotto la schiena sono stranamente comode. La testa mi ricade all'indietro con un tonfo. Il dolore mi accoltella la mente, e una coperta nera mi cala sul volto, celandomi il mondo.

* * *

Teddy

Grazie al cielo l'orso mi ha ritrascinato alla femmina vestita di rosa, cazzo. Sono arrivato sulla sommità giusto in tempo per vedere lo slavato maschio minacciarla col coltello.

Non ho pensato. Né aspettato. Mi sono tramutato. E ho attaccato.

Sparito l'aggressore, giace, tutta rosa, sulle rocce col sangue che le gocciola giù per il viso.

Darei la caccia a quell'altro, ma non voglio lasciarla.

Ancora orso, annuso l'aria. Sangue. Quando il fratellastro l'ha spinta, ha battuto la testa. Adesso mi guarda sbattendo le palpebre, senza mettere a fuoco.

Probabilmente la sto spaventando a morte.

Prima che riesca a fermarla, si avvia la mutazione. M'irrigidisco nel tentativo di interromperla, ma è come cercare di soffocare uno starnuto. La schiena s'inarca e scrocchia, e le mie forme passano dalla gigantesca stazza dell'orso e quella umana. Barcollo sui piedi, il petto pesante.

Ma che cazzo... l'orso mi ha obbligato a tramutarmi. Davanti a un'umana. Non avevo mai perso tanto il controllo.

Tendo una mano, flettendo le dita per liberarmi dai crampi. Sono ancora sopra alla piccola umana, ma anche così piccolo troneggio su di lei.

Merda. Mi ha visto?

Le sue ciglia sfarfallano. Trattengo il fiato, ma tiene gli occhi chiusi. Prima però erano aperti, no? Il che significa che conosce il mio segreto.

Che casino – e ho solo peggiorato le cose.

Adesso sembra priva di sensi. Non fosse distesa su una pila di rocce con una scia rossa a scorrerle dalla tempia al mento, sembrerebbe fare un sonnellino.

Le tocco la mano, e la trovo molle. È fuori gioco, probabilmente per il colpo alla testa. Gli esseri umani sono fragilissimi, cazzo. Ha bisogno di un medico. Non sarà una grande idea spostarla, ma non posso lasciarla qui – quello psicopatico del fratellastro potrebbe tornare a finire il lavoro.

Devo portarla via.

Dopo averle controllato la ferita, che ha sanguinato molto ma adesso sembra rimarginarsi, la prendo delicatamente in braccio. Non ci vuole nessuno sforzo. È un fardello piacevole e caldo, e quando cerco di reggerle la testa mormora qualcosa e si accoccola contro di me. Il suo profumo melato mi stuzzica il naso.

Mi muovo il più silenziosamente possibile. Sono nudo, i

resti dei vestiti fatti a brandelli dagli alberi. Se si sveglia adesso avrò molto da spiegare.

La porterò al sicuro, la farò visitare e poi penserò alle domande. Ne avrò da porre anch'io. Una in particolare: mi ha visto trasformarmi da grosso orso a essere umano o no?

Il coltello è ancora nelle rocce, luccicante verso di noi. Manderò un fratello a recuperarlo, insieme allo zaino rosa acceso. Adesso che ce l'ho in braccio, non voglio scuoterla troppo.

Mi sto recando di buon passo verso le chiome degli alberi, quando reclina la testa all'indietro e i suoi bellissimi occhi nocciola mi si incollano al volto. Maledizione, si è svegliata subito. Sembra ancora un po' intontita. Le sopracciglia tese a V, poi lisce. Mi trasformo in una statua mentre la sua manina sale a toccarmi la guancia.

"Orso." Muove solo le labbra. Modella le dita sul mio viso, e ripete intensamente, "Orso," prima di lasciar ricadere la mano. Le si chiudono gli occhi, e la testa si accascia di nuovo contro la mia spalla.

Merda.

Capitolo due

Teddy

L'adorabile umana resta quasi sempre incosciente fino alla baita. Quando la sistemo sul letto, si raggomitola subito su sé stessa. La copro e tiro le tende per mantenere il buio e il fresco nella stanza. Vederla nel mio letto è più che appagante. Cerco di non pensarci troppo.

Esco per fare una sola telefonata, e passo quindici minuti buoni camminando avanti e indietro per il perimetro della proprietà in cerca di punti deboli e annusando il vento. Non riesco ancora a credere di essermi tramutato davanti a lei. Nascondere il segreto dell'animale è la prima cosa che imparano i mutanti. Tramutarsi senza controllo non è solo una mossa da novellini, ma proprio letale. I miei fratelli più giovani avevano dei problemi di controllo da adolescenti. La mamma dovette tenerli a casa da scuola finché non riuscirono a nascondere come si deve l'animale. Ma non avrebbero commesso un errore tanto fatale nemmeno nelle loro giornate peggiori.

Ma cosa ti è passato per la testa? sgrido l'orso, che però non risponde. Percepisco soddisfazione, anzi. La piccola umana gli piace, e adesso è proprio dove la vuole lui.

Nel mio letto.

Merda, che disastro.

Mio fratello mi becca passeggiare davanti alla baita. Mi giro non appena ne percepisco il muto avvicinarsi. "Matthias."

Porta la solita camicia button down con un paio di bei pantaloni. A differenza di noialtri, ha un posto di lavoro in mezzo agli esseri umani. Ho avuto fortuna a beccarlo fra una visita e l'altra.

"Teddy." Mi saluta con un cenno del capo che gli fa luccicare gli occhiali. Non ne ha bisogno, perché la vista da mutanti è perfetta, ma li porta comunque. "Tutto bene?"

No; ho seguito una femmina per il bosco e l'ho salvata dal fratello assassino. Poi, da scemo, mi sono trasformato sotto ai suoi occhi. Temo di avere l'orso completamente fuori controllo.

"Sì, benissimo. Accomodati." Gli tengo aperta la porta. Dobbiamo chinarci per entrare nella baita, e quando Matthias si raddrizza nel soggiorno, i folti riccioli neri sfiorano le travi di pino. È snello, ma di una testa più alto di me.

"Grazie di aver fatto così presto," dico. "Sei stato sulla cima?"

"Ho trovato questo." Solleva lo zaino rosa acceso. "E frammenti di un vaso. Ma nessun coltello."

"Merda." Mi passo una mano sul volto. Avrei dovuto occuparmi subito dell'arma, così che il fratellastro non potesse tornare a prenderla. Questa femmina mi induce a commettere errori di ogni sorta. "Hai visto qualcuno?"

"No. Ho colto l'odore di una coppia umana. Una era lei. L'altro è maschio."

"Il fratellastro. Ha cercato di accoltellarla, e quando l'ho sorpreso è scappato." Muoio dalla voglia di uscire a cercarlo, ma finché non saprò che la femmina sta bene, sono incastrato qui con lei.

Matthias mi rivolge un calmo cenno del capo, neanche avessi descritto qualcosa di normale. È abituato a sentire da me i più minuti dettagli delle missioni. Nulla lo turba. E poi è un medico con preparazione umana, il che lo rende il fratello perfetto da chiamare per risolvere questo dilemma. "La paziente dov'è?"

"Là dentro." Indico la camera.

Le sopracciglia gli scattano in su. La baita è piccina e accogliente, con una sola stanza per cucina e soggiorno davanti al caminetto e una cameretta grande a malapena da contenere un armadio e il letto. "Avrei potuto sistemarla sul divano, ma dopo una ferita alla testa ha bisogno di silenzio e tranquillità, no?"

"Certo."

Non aggiungo che il divano è troppo esposto. Troppo vicino alla porta. Devo tenerla al sicuro. E soprattutto non aggiungo il fatto che il bisogno di infilarla nel mio letto ha annullato tutto il resto.

Meglio non riflettere troppo su questa brama.

Prendo lo zaino rosa, e Matthias si sfila la borsa di pelle nera dalla spalla.

"Vado a visitarla subito." S'infila in camera, e trattengo la voglia di seguirlo con un ringhio. Non voglio nessun altro vicino a quella femmina umana tranne me.

Si lava le mani prima di andare dalla paziente. Quando la porta del bagno scricchiola, non riesco più a reprimere l'istinto. Mi arrendo e indugio sulla soglia della camera per guardare Matthias sporgersi sul letto. Indossa i guanti e ha mani delicate, ma aggrotta il sopracciglio quando le tocca la testa.

"La ferita è brutta, ma è l'ultima delle nostre preoccupazioni," dice. "Probabilmente ha una commozione cerebrale grave."

"È pericolosa?" Le ferite umane m'innervosiscono. C'è chi muore per punture di api o per aver mangiato noccioline. Come cavolo faccio a tenerla in vita?

"Hai visto come ha colpito la testa?"

Mi appoggio allo stipite, trattenendo la voglia di superarlo di corsa per prendere la piccola umana in braccio. "Ero uscito a correre. Stava facendo un'escursione, quando il fratello ha cercato di ucciderla. Sono intervenuto, ma nel trambusto è caduta sulle rocce."

Matthias risponde con un cenno del capo. Le punta una piccola torcia negli occhi. "Da quanto è priva di sensi?"

Mentre gli spiego i dettagli del salvataggio, m'infilo in camera e mi piazzo accanto a Matthias. Il profumo della femmina riempie la stanza, e l'istinto mi dice di prendere la piccola in braccio e far uscire mio fratello. Che assurdità. Non c'è alcuna ragione di farsi così possessivi per un'umana che neanche conosco.

"E l'hai portata qui invece che all'ospedale?"

"Non può andarsene," sbotto senza pensare. "Il fratellastro ha cercato di ucciderla, ricordi?"

"Credi che sia ancora qua fuori a cercarla?"

"Mi è sembrato parecchio determinato."

"Hai intenzione di dargli la caccia?"

"La priorità è lei. Sai perché è ancora incosciente?"

"Per la commozione. Per qualche minuto si era ripresa, vero?"

"Per meno di un minuto."

Grugnisce. Rovista nella borsa e ne prende una fiala con del liquido verde scuro. "Tienile la testa."

Lo aggiro per tenere ferma la paziente. Ha la testa

piccolissima nelle mie manone. È proprio uno schianto – scura pelle liscia, zigomi scolpiti, nasino grazioso, labbra carnose.

Matthias le sistema la fiala in bocca e ne versa dentro il contenuto. Ha un odore strano, una combinazione di metallo ed erbe.

M'irrigidisco. "Cos'è?"

"Una cosina preparata da me," mormora inclinando la fiala perché si svuoti completamente. "Dai, manda giù. Ecco, così."

"Cosa c'è dentro?"

"Preferisci non saperlo, credimi."

Il mio ringhio sorprende entrambi.

"È un siero di guarigione," dice. "Una mia mistura. Le farà bene alla testa."

Ogni trepidazione svanisce. Sta cercando di aiutarla. "Non è un buon segno che dorma tanto, vero?"

"No. Ma questa dovrebbe guarire il peggio." Rimette la fiala vuota nella borsa e ne prende un pacco di garze. "Ci vuole un attimo perché faccia effetto. Intanto le pulisco il taglio. Non mi sembra di aver visto altre contusioni." Spruzza una soluzione sulla garza e le tampona il capo. "Devi tenerla in osservazione per almeno ventiquattr'ore. Non muoverla ed evita i rumori forti, se puoi. Ha bisogno di riposo." Mi scruta al di sopra degli occhiali finti. "Riesci a ritagliarti un po' di tempo dai tanti impegni che hai?" Ha la voce mite, senza una punta di sarcasmo quando parla dei *tanti impegni*, però mi stizzisco come fosse un rimprovero.

L'ultima volta che ci siamo parlati, mi ha accusato di trasformarmi in un eremita. Di tutti i fratelli, Matthias è quello calmo, pacifico e riflessivo. È anche quello che più spesso ricorre al sarcasmo e alla sottigliezza per rendermi noto tutto il suo malcontento. Gli altri mi rifilerebbero solo un pugno. I fratelli Bad Bear tendono a risolvere le cose con le zuffe, con gran dispiacere della mamma.

"Sì, posso farcela."

"Cercale la patente nella borsa, così scopriamo come si chiama."

"Lana. Si chiama Lana."

Solleva un sopracciglio, e mi affretto a spiegare. "Credo di aver sentito lei e il fratellastro parlare, durante l'escursione. Ero uscito a correre quando sono passati loro, e li conosci gli esseri umani... sono chiassosi." Lascio morire la voce. Più cerco di convincerlo che non la stavo seguendo, meno ci crede. Forse non avrei dovuto chiamarlo. È meno probabile che mi secchi, però è anche più intelligente di me e metà fratelli insieme. Non posso fregarlo.

Matthias pulisce la ferita alla testa e la benda. Per tutto il tempo la paziente è incosciente, il petto che si alza e abbassa dolcemente. Quando ha finito, le ricontrolla le pupille. "Molto meglio."

"È normale che dorma ancora?"

"Si riprenderà. A questo punto, il sonno è guarigione. Dunque... quando si sveglierà, probabilmente sarà disorientata. Si trova in un posto nuovo. E non ti ha visto, no?"

Esito. C'è altro che devo raccontargli, ma non qui. "Credo di no, ma non ne sono sicuro."

Matthias butta la garza insanguinata e i rifiuti in una borsa apposita e si leva i guanti.

"Ma... ma hai finito?" Faccio passare lo sguardo dalla paziente addormentata al mio calmo fratello. "Tutto qui?"

"Ho fatto il possibile. La ferita è pulita, e non ha bisogno di punti. Non ha la febbre, e le pupille adesso sono a posto. Nessuna emorragia cerebrale."

Emorragia cerebrale? "Forse dovremmo portarla in

ospedale." Potrei mentire, dire che è mia moglie. Starle vicino, di guardia.

"Solo se vuoi levartela di torno. L'ospedale non può fare più di ciò che ho fatto io. Anzi, avrebbe fatto molto meno."

"E... boh... degli esami?"

"La risonanza magnetica e la TAC non ci diranno se ha una commozione. Dovremo osservare i sintomi e il suo comportamento. Prendi nota di ogni cambiamento nel suo modo di fare."

"Come faccio a sapere se cambia modo di fare? Non la conosco."

"Chiediglielo quando si sveglia." Si leva gli occhiali per pulirli. Potrei giurare che li porta solo per fare scena. Forse gli rendono più semplice fingersi umano. Con gli occhiali e i vestiti, sembra un gentile medico di campagna. È un buon travestimento. "Hai tempo di tenerla d'occhio? Hai voli in programma?" Fa riferimento al lavoro. Faccio giretti e accompagno imprenditori da Albuquerque a Taos, oltre a occuparmi di lavoretti più pericolosi con gli amici delle forze speciali del branco Black Wolf.

"Non ho lavoro. Momento di magra."

"Mmm." Non dice altro, ma lo sguardo è incisivo, mi disseziona. Sa che sto omettendo qualcosa.

Devo confessare. "C'è altro. Una... complicazione."

S'irrigidisce. "Hai visto altre emorragie?"

"No." Gli faccio segno di uscire dalla baita. Si lava le mani in cucina, prepara la borsa ed esce silenziosamente davanti a me. Inspiro bene l'aria profumata di polline quando sbuchiamo nella giornata primaverile. Il pascolo di fronte a casa mia è in fioritura. Le api ronzano sui fiori bianchi e rosa piantati per loro dai miei fratelli minori, contro ai miei desideri. Il profumo melato della femmina mi segue qua fuori. È tanto dolce che fra poco le api cercheranno di entrare.

Merda. Cos'ho combinato? Non mi sembra che il mondo stia per andare in frantumi, ma così è.

Quando siamo sul margine del prato, pieno di fiori di campo, col panorama degli alveari fra gli alberi, mi fermo e mi volto verso mio fratello. Io e Matthias abbiamo solo qualche mese di differenza. La mamma ci adottò più o meno nello stesso periodo. Sono più vicino a lui di quanto sia ai miei fratelli, persino al mio gemello.

Ma non vorrei comunque ammettere la stronzata che ho combinato. "Ho commesso un errore." Maledizione, è difficile tirare fuori le parole. "Era incosciente e... mi sono fatto prendere dal panico. Un attimo ero in forma di orso e quello successivo... non sono riuscito a fermarmi. E... credo mi abbia visto tramutarmi."

Matthias si sistema gli occhiali. Ho studiato le tecniche usate negli interrogatori, quindi capisco cosa sta facendo, ma dopo un minuto di silenzio crollo.

"L'orso mi ha costretto a tramutarmi. Davanti a un'umana. Non avevo mai avuto tanto poco controllo."

Matthias ha un'espressione riflessiva – non giudicante. "Ti era già successo?"

"No, mai."

"Forse si risolverà tutto."

"Se mi ha visto..."

"Sistemeremo la cosa. C'è un protocollo."

"Sì." Il protocollo consiste nel portare l'umana da un vampiro e tenerla ferma mentre la sanguisuga l'ipnotizza per farle dimenticare il nostro segreto. "Speravo di evitarlo."

"Potrebbe rivelarsi necessario." Visto l'argomento serio, il tono calmo sembra freddo. Fisso il mio riflesso negli occhiali finti. È tanto gentile e delicato che dimentico quanto sa essere spietato. Fu lui a starmi accanto quando dovetti risolvere una situazione simile. Conosce le profondità del mio dolore e della mia vergogna.

E rieccoci a percorrere la stessa strada. Però devo chiederglielo per forza. Qualcosa mi rende protettivo nei confronti della piccola umana che dorme nel mio letto. "Una cancellazione della memoria in seguito a una ferita alla testa... non sarà pericolosa?"

"Non è l'ideale. Non posso prometterti che non soffrirà di problemi cognitivi e alla memoria in generale." Quant'è clinico... ciò che sta dicendo sul serio è che il costo della protezione del segreto potrebbe rovinarle la vita. Ecco il vero Matthias, e i cardigan da persona per bene e la delicatezza che usa coi pazienti fanno solo parte della recita. Il gentile dottorino culla gli esseri umani in una sicurezza fasulla quanto i suoi occhiali. Farà il necessario per assicurare la sopravvivenza della nostra famiglia. E anch'io. Se l'umana dal profumo melato che dorme nel mio letto è un danno collaterale, be', pazienza. Non sarà una scelta nuova per me.

Prima la famiglia.

"Non so se mi ha visto tramutarmi in umano. Non so neanche se mi ha visto tramutarmi in orso. Temo che lo scoprirò quando si sveglierà." Dovesse aver visto qualcosa, scapperà alla prima sala stampa urlando. Come Tiffany.

"Se non sai se ha visto, dovrai tenerla qui finché non ne sarai sicuro."

Grugnisco il mio assenso.

"O magari puoi portarla dalla prima sanguisuga che ti capita a tiro e farle cancellare la memoria subito. Preventivamente."

"No," sbotto.

"Vuoi conoscerla prima?" Domanda pregiudizievole. La risposta gli dirà più di quanto voglia.

Invece di rispondere, gli scocco un'occhiataccia.

"Oppure puoi aspettare. Magari non si arriverà a tanto." Si rimette la borsa di pelle sulle spalle. "Chiamami nell'istante in cui si sveglia, e tornerò per una visita come si deve."

"Non puoi rimanere?" Non vedo l'ora che se ne vada, certo, ma è un bene che resti nei paraggi, nel caso in cui le venissero le convulsioni o altro.

"Ho una visita a domicilio."

"Da chi?"

Il fantasma di un sorriso gli striscia nell'angolo della bocca. "Daisy."

Sbuffo. "Daisy è sana come un pesce. Saranno vent'anni che non prende neanche il raffreddore."

"Ne ha ottantanove. Dice che vuole arrivare al centocinquantesimo compleanno."

"Buona fortuna..."

"Grazie, mi servirà. A parte il morso di un vampiro, non so come garantire la lunga vita."

"Se c'è qualcuno che può vivere tanto a lungo, quella è proprio Daisy. Ma non dirle dei vampiri. Potrebbe farsi venire brutte idee."

"Fato mio, no. Hai sentito di quella di promuovere il turismo?"

Gemo. "Sì, le cavalcate sugli orsi..."

"No, quella era assurda. Non l'aveva mai presa seriamente, né quella della gara di abbuffata di hot-dog uomini contro orsi. Questa è una novità."

Mi passo le mani sul viso. "Non voglio saperlo."

"Non escogita queste idee per seccarti. Sta cercando di

salvare la montagna. A proposito, ho sentito Darius. Vuole..."

So cosa dirà. "No."

"Non sai neanche cosa." Matthias si raddrizza gli occhiali, e io stringo il pugno per impedirmi di farglieli saltare dal muso.

"So cosa non mi va di sentire."

Non dice nulla, però so che disapprova.

"Senti." Sventolo una mano verso la baita. "Non ho già abbastanza cui pensare?"

"Ok. Lo terrò sulle spine. Bada alla paziente. Quando si sveglia, se la testa le fa male puoi darle qualcosa. Un antidolorifico leggero, non l'aspirina." Recupera un pacchetto di Tylenol dalla borsa e me lo porge. "Aiuterà anche del freddo sulla ferita. I piselli surgelati funzioneranno."

"I mirtilli no?"

Annuisce solennemente, come non avessi detto una stupidata. "I mirtilli vanno bene."

"La monitorerò," giuro. "Grazie di essere venuto."

"Torno dopo le visite." Fa per voltarsi e andarsene.

"Ah, un'altra cosa." Lo prendo per il braccio. "Non dire a nessuno che è qui."

"No, ma lo sai che ciò non impedirà ai tuoi ospiti di scoprirlo." Fa un cenno agli alveari. "In questo periodo dell'anno a Everest piace controllare le api."

Trattengo un gemito. Everest è il fratello più enigmatico. "Non so neanche perché abbia messo gli alveari qui. Ha una casa, eh."

"È Everest. Non ne siamo mica sicuri. Potrebbe vivere in una grotta nel bosco. Sospetto che trascorra quasi tutto il tempo da orso. Ah, i Terribili tre ti cercano."

Il gemito mi esce come mezzo ringhio, e Matthias non

riesce a trattenere un sorriso. "Cazzarola, ma cosa vogliono?"

"Dovrai chiederglielo."

"No," faccio io. "Digli che sono in missione."

"Sanno dove abiti."

Merda. Ha ragione. Casa mia è un porto quando i fratelli vogliono qualcosa. "Magari posso trasferirla..."

"Non spostarla."

Raggelo. "Ho sbagliato a spostarla prima?" Volevo portare al sicuro l'adorabile umana, ma se le ho fatto del male non riuscirò mai a perdonarmi. "Credi che abbia peggiorato le cose?"

Matthias mi fissa senza battere ciglio. Non c'era modo di escludere la preoccupazione dalla mia voce, e adesso sa meglio di me cosa provo per la mia indesiderabile ospite. Irrigidisco la schiena per non agitarmi sotto al suo sguardo incisivo. "Si riprenderà. Il siero sta guarendo le ferite gravi."

"Ma dorme ancora..."

"Dormire le fa bene. Non guarirà rapidamente quanto noi, ma il siero aiuta. Più riposa e si rilassa, meglio è. Quando si sveglierà, dille di prendersi una piccola vacanza. Magari può affittarti la baita." Adesso mi prende in giro.

Mi acciglio. "Proprio quello che mi serve. Una turista pagante."

"Faresti contenta Daisy."

"Ottimo. Vivo per fare contenta Daisy."

"Un'altra cosa." Inclina il capo, come gli fosse appena venuta in mente. Il sorriso è sparito, ma glielo sento nella voce. "Non so se te ne sei accorto, ma l'umana..."

Mi preparo alla stoccata. "Sì?"

"È proprio il tuo tipo." Prima che possa ringhiargli di sparire, china il capo sotto un pino e si avvia per gli alberi a grandi passi.

* * *

Lana

La luce mi tocca il viso come una mano calda, e mi scappa una smorfia. Mi pulsa la testa. Sposto il volto leggermente verso destra e batto gli occhi fino a mettere a fuoco la parete e la finestra davanti a me. Quest'ultima è drappeggiata dalle tende più carine che abbia mai visto. Il tessuto è verde scuro, con una parata di orsacchiotti marroni a trotterellare in file ordinate.

Batto le ciglia e faccio per sedermi, ma l'acuto dolore alla testa mi impedisce di far granché. Mi trovo in un morbido letto dalle lise lenzuola di plaid e un piumone verde bosco. I muri sono di tronchi di Lincoln color miele. La stanza è piccola, dominata dal letto a baldacchino e dall'armadio di pino situato nell'angolo alla mia sinistra. A destra c'è un comodino, anch'esso di pino. Sul tavolino minuscolo c'è una lampada. Il paralume è dello stesso tessuto delle tende – verde con orsi marroni.

Dove sono? Cos'è successo? Rovisto nella memoria, ma trovo uno spazio vuoto e altro dolore, quindi smetto subito. Non so come sono finita in questa baita, ma chi sceglie delle tende così carine e un paralume coordinato non può essere un serial killer, no?

Ritento, e quando smette di girare riesco a sedermi lentamente per appoggiarmi alla ruvida testiera di pino grezzo e fare l'inventario della stanza. Porto ancora gli abiti dell'escursione. Sono un po' impolverati, ma per il resto non ci sono indizi di cosa mi sia successo. Ho una benda sulla testa. Il panico mi spingerebbe a precipitarmi allo specchio più vicino per darmi un'occhiata, ma rischia di spaccarmisi in due il cranio anche solo cercassi di posare i piedi a terra, quindi mi riaccascio sul cuscino.

Nelle trecce c'è qualche ago di pino. Li lascio cadere sull'ispido tappeto marrone che copre il ruvido pavimento di pino. Tanto pino e tanto plaid mi dice che è una baita di montagna. E ci sta. Sono a Bad Bear.

I ricordi tornano lentamente: l'urna dei miei, mio fratello Bentley. Dov'è Bentley? L'escursione aveva come scopo quello di spargere le ceneri di mamma e papà per esaudire il loro desiderio. L'ultima cosa che ricordo risale a quando siamo smontati dall'auto a noleggio. Quando cerco di ricordare il seguito, il dolore mi passa come un lampo per la testa, tanto forte da farmi lacrimare gli occhi.

A un cerco punto ho battuto la testa, e qualcuno l'ha bendata. Bentley? O il proprietario della bella baita? La stanzina mi sembra troppo accogliente per essere in affitto. Ci sono due porte vicine, una ai piedi del letto e una a sinistra, di fronte all'unica finestra e accanto al grande armadio di pino. L'anta è aperta, e svela una fila di camicioni di plaid appesi su un lato e qualche cumulo ordinato di abiti piegati sugli scaffali. A meno che adesso non affittino baite provviste gratuitamente di camice di plaid, sono a casa di qualcuno.

Non posso investigare finché non riuscirò a muovermi, ma esistono posti peggiori dove attendere la guarigione. La stanzina mi ispira a disegnare una nuova linea natalizia per la GoddessWear. Il tema sarà chic montanaro. Penso a pigiama di plaid, confortevoli camicie da notte e morbide pantofole. Di sicuro faranno la loro apparizione anche begli orsetti marroni.

La grossa porta ruvida davanti a me si apre con un cigolio, ed entra l'uomo più sconvolgente che abbia mai visto. È un vichingo enorme dagli arruffati capelli biondi e una barba dalla crescita fuori controllo. La maglietta logora si tende sui pettorali gonfi, e i bicipiti sembrano sul punto di scoppiare fuori dalle maniche corte. Una profonda flessione di quei muscoli sporgenti e cederà cadendo a terra, lasciandolo a petto nudo. Che tragedia.

Neanche per idea.

Riesco a esaminarne la profonda abbronzatura della pelle e i bellissimi colori dei tatuaggi a piena manica. L'inchiostro sopra il gomito ritrae un'ape e un grosso orso bruno.

Di nuovo orsi. Che belle le persone fedeli a un tema.

"Sei sveglia," rantola. Le sopracciglia bionde tirano una riga torrida. Fa lo scontroso. Ma ho a che fare coi tipi scontrosi da quando la mamma si innamorò di un grosso produttore esecutivo di Hollywood, ci fece traslocare a Hollywood Hills e mi appioppò un fratellastro crudele. All'irascibilità rispondo sempre col sole.

"Ehi." Sventolo appena la mano, con una smorfia quando il movimento si fa strada nella testa.

Il vichingo avanza furtivo nella stanza con movimenti fluidi, per uno della sua stazza. Si accuccia accanto al letto per mettere la testa a livello della mia. Mi penetra con gli occhi grigi. "Come stai, piccolina?"

Piccolina? Ehm, wow. Figo. Non lo conosco, ma che mi chiami pure piccolina quando gli pare. E intendo proprio quando gli pare.

È tutto bellezza grossa e muscolosa. La sua assoluta virilità m'invoglia le ovaie a sparare ovuli più velocemente di una slot machine al jackpot. Sento letteralmente suonare le campane...

No, aspetta. È il mal di testa. Sollevo la mano verso la fronte.

"Attenta," mi avverte, prendendomi il polso per girarmi la mano. Ho qualche sassolino ancora incastrato nel palmo. Me li leva con dita delicate.

Il calore mi trapassa tutta. *Oddio.*

"Ci conosciamo?" Il mio tono è un po' troppo speranzoso. Forse io e Bentley abbiamo concluso il rito e mi ha mollata a vagare per il paesino, ho bevuto un cocktail in un bar all'antica e ci ho conosciuto il vichingo. Forse mi ha corteggiata descrivendomi le sue belle tendine, e io ho accettato l'invito a dare un'occhiatina più intima a camera sua.

E adesso è giunto l'indomani mattina. Ma se abbiamo fatto sporco sesso appassionato, perché mi sono ferita alla testa? Non avrei male ovunque come fossi precipitata in un burrone – patirei un tipo di dolore diverso, più delizioso. Quindi forse non l'abbiamo fatto. *Per il momento.*

"Cosa ricordi?" Mi scruta attento negli occhi.

"Ehm. Sono venuta qui e.... ahi." Un lampo di dolore mi sfreccia da tempia a tempia.

"Con calma." Usa un tono gentile, anche se sembra scocciato. Con la barba sfatta e lo sguardo intenso, ha un volto da cattivone a riposo. Mi è difficile riprendere fiato.

O forse sono il suo buonissimo profumo e la vicinanza a tanti muscoli pronti a scoppiargli dal tiratissimo tessuto della maglia. È un po' che non esco con qualcuno. Non ho molto tempo. Dopo la morte dei miei, mi sono buttata sul lavoro e sul marchio. E adesso non ho alcuna difesa contro ai figoni.

Già. Sono sopraffatta dalla bellezza muscolosa di questo vichingo montanaro dei nostri giorni.

Mi esamina il volto coi suoi bellissimi occhi.

"Come sono arrivata qui?"

"Sei caduta e ti ho portata qui. Cosa ricordi?" ripete. Mi sembra quasi di essere a un interrogatorio.

"Mi fa male la testa," borbotto, il che è la verità.

Si alza di colpo. Scatto all'indietro al movimento improvviso e alla sua enormità, e lui mi posa una manona sulla spalla. "Va tutto bene. Ti porto dell'acqua."

Adesso che ci penso, ho la bocca secca. Mi lecco le labbra screpolate e mi guardo intorno in cerca dello zaino rosa. Non lascio mai il mio fidato lucidalabbra fuori portata. "Scusami," lo chiamo. "Hai tu le mie cose?"

"Sì." Rientra nella camera con un bicchiere in mano e lo zaino nell'altra. "Era impossibile non vederlo. Mi sorprende che il colore non ti abbia accecata," grugnisce porgendomelo.

"Il rosa è il mio colore preferito." Ci rovisto in cerca del telefono. Lo schermo è tutto nero e il vetro crepato. Ottimo. Prima le cose importanti. Recupero il lucidalabbra e lo applico due volte, facendo schioccare le labbra. Quando levo gli occhi, vedo il vichingo fissarmele famelico, e il sangue mi corre tutto al volto. "Grazie." Mando giù l'acqua che mi porge per nascondere il rossore. Nella fretta me ne verso un po' sul petto, e devo asciugarmi le goccioline dalle tette prima che si inzuppino. Ho i capezzoli tanto turgidi che trapassano pure tre strati di indumenti. *Piantatela*, gli dico. *Non siamo a Miss Maglietta bagnata.*

È troppo sperare che il vichingo non se ne sia accorto? Sbricio nella sua direzione.

Sì, è troppo. Ha visto tutto.

Bevo un altro sorso e me lo verso di nuovo addosso. "Sono una pessima bevitrice," sparo. "Non farci caso."

Il vichingo si schiarisce la gola e distoglie di colpo lo sguardo. "Come ti chiami?"

M'irrigidisco. "Come hai detto che sono arrivata qui?"

"Sta' tranquilla," fa con voce calmante. "Sei al sicuro. Ti ho trovata sul sentiero. Eri ferita." Fa un gesto alla mia fronte. "Hai battuto la testa."

Mi tocco la benda, odiando la mia debolezza. Dovrei aver paura visto che mi sono svegliata in uno strano posto con una strana persona, ma l'istinto mi dice che mi posso fidare del vichingo. O almeno farmelo a sangue. Forse non è l'istinto a parlare. Forse sono gli ormoni. "Hai visto il mio fratellastro? Era uscito in escursione con me."

Esita prima di dire, "No."

"Strano." C'è una cosa che devo ricordare, ma è tutto foschia, è tutto nascosto dietro a un muro di dolore. "Mi chiamo Lana."

"Lana? Piacere, io sono Teddy."

"Perdindirindina." Lascio ricadere la mano con un sorrisone. "Teddy? Come gli orsetti?"

Il mio sorriso sembra metterlo in imbarazzo. "Teddy Medvedev, a dire il vero. Hai appena detto *perdindirindina?*"

"Oh... ehm, sì." Il nervosismo è scemato, lasciando spazio a un'intontita gioia. È stato questo qui a scegliere le tende. Non mi aspettavo un montanaro sexy, ma chiunque arredi casa con begli orsetti diventa automaticamente mio amico. "La baita è tua."

"Sì." Mi osserva con cautela. "Ti ho portata qui perché non ti svegliavi. Ho pensato che avessi bisogno di riposo. Ho chiamato un medico per farti visit..."

"Davvero?"

"Sì. Ti ha bendato la testa, ma ha detto di lasciarti riposare."

"Non riesco a credere di essermi persa tutto. Ehm, grazie dell'aiuto."

"Figurati." Mi studia ancora, come desiderasse leggermi nel pensiero. "Di dove sei, Lana?"

Mi piace come pronuncia il mio nome. "Vivo a Los Angeles. Sono venuta a scalare la cima del monte per gettare le ceneri dei miei. Visto?" Come prova gli offro la frutta secca.

Lui sbircia nella borsa. "Mandorle ed M&M's." Il tono sottende una domanda.

"Una mia miscela brevettata," faccio io. "No, dai. Sto pensando di brevettarla. Potrei commercializzarla. Scommetto che farebbe furore."

A differenza di Bentley, Teddy non sbuffa. Si avvicina, ne prende una manciata e mastica con attenzione. "Buon abbinamento."

"Visto?" Lo guardo raggiante. "Te l'avevo detto."

Ne prende un'altra manciata. "Ricordi altro dell'escursione?"

"Non tanto. Solo di essere smontata dall'auto a noleggio e... di aver scalato il monte con Bentley."

"Bentley?"

"Il mio fratellastro. Il nome viene dalla macchina."

Smette di mangiare per farmi una smorfia.

"Sì, hai ragione... chi chiama il figlio come una macchina, seppur bella? Anche se a me hanno dato il nome dell'oca di *Tre cuori in affitto*," gli spiego, "il che non è molto meglio. Soprattutto se il tuo fratellastro usa la cosa per prenderti in giro."

Teddy finisce tutta la frutta secca. Accartoccia la borsa, come l'avesse offeso personalmente. "Ben poco carino." La sua voce è un basso rombo, quasi un ringhio.

"Oh, Bentley non è carino per niente," concordo. "Giuro che sarebbe felice se un brutto orso cattivo sbucasse fuori dal bosco per divorarmi." Mi fa di nuovo male la testa. "Aspetta un attimo, mi sembra di ricordare qualcosa."

"Ah sì?" Si siede cauto sul margine del letto, accanto a me. Il suo peso fa sprofondare il materasso, e finisco con lo sporgermi verso di lui.

Abbasso la voce fino a sussurrare. "Quando mi hai salvata, per caso hai visto un grolare?"

"Un che?"

"Un grolare," ripeto. "Hai presente, no? L'incrocio fra un polare e un grizzly."

Teddy apre e chiude la bocca svariate volte, prima di dire, "Siamo lontanissimi dall'habitat degli orsi polari."

"A causa però del surriscaldamento globale stanno cambiando territorio. E si stanno mescolando coi grizzly. Orso polare più orso grizzly uguale orso grolare. O pozzly, se preferisci."

"Non... non ho preferenze. Lana, non esiston..."

"Sì invece," insisto. "Sono grossi e più cattivi degli orsi normali. L'ho scoperto su un TikTok di Mamadou Ndiaye. Lui li chiama orsi Nesquik."

Si passa una ruvida mano sulla barba e si alza.

Inclino il capo verso di lui. "Dove vai?"

"A chiamare il medico. Temo che la botta sia stata più forte del previsto."

"No, dico sempre stupidate. Per questo Bentley dice che il nome mi si addice."

L'espressione scontrosa si addolcisce. "Vado a chiamarlo lo stesso." Mi punta contro un dito. "Non uscire dalla baita. E non muoverti."

"Stavo proprio pensando di darmi al triathlon, ma ok." Mi distendo, ma poi ci ripenso. "Aspetta!"

"Che c'è?" Fa capolino con la testa, seccato malgrado il tono gentile.

"Posso almeno usare il bagno?"

"Certo. È lì." Indica la porta accanto all'armadio. "Serve aiuto?"

"No," dico, ma fatico anche solo a muovermi sul letto.

"Vieni qui." Mi prende in braccio tanto velocemente che strillo dalla sorpresa. Gli butto le braccia al collo.

Sono grandicella, ma lui mi tira su senza fatica. Inspiro

il suo virile profumo boschivo e le ovaie espellono un altro centinaio di ovuli. Il dolore alla testa me la fa ciondolare sulla sua spalla, solida e robusta.

Soprattutto perché non mi mette subito giù. Mi porta in bagno, che è un'aggiunta moderna alla baita, più grande della camera. Ha un largo lavandino e uno stanzino separato per il gabinetto, nonché una vasca coi getti davanti ai bovindi, perfetta per immergersi godendosi il panorama del bosco.

"Wow." Non gli scollo la testa dalla spalla perché pesa troppo, accidenti. La testa – non la spalla. "Che bel bagno." Ops, che maleducazione. Non dovrei fare tanto la sorpresa. "Non che la baita non lo sia. Adoro l'arredamento. I minuscoli orsetti sono il massimo."

Se ne resta impalato a grugnire tenendomi in braccio, con la mia testa accoccolata contro alla sua spalla. Ma... mi culla piano?

Forse ha ragione lui. Ho battuto più forte del previsto, perché mi sembra difficilino credere a una scena del genere.

Un gigantesco vichingo meraviglioso che mi culla nel bagno dei sogni?

Impossibile.

Levo il capo, e lui mi posa sulle piastrelle. È così alto che gli arrivo solo alla clavicola. Sono all'altezza perfetta per studiargli il gonfiore degli addominali sotto alla maglia. Cosa non darei per vederlo a petto nudo... solo il pensiero mi dà le vertigini.

Teddy si acciglia. Le sue manone sono sulle mie braccia, per tenermi in equilibrio. "Tutto ok, piccolina?"

"Sì, grazie." Sollevo il volto e incrociamo lo sguardo. Gli occhi grigi si oscurano, e una certa brama gli guizza per il viso. Brama di me?

"Sicura?"

Strofino le labbra fra loro, e i suoi occhi seguono il movimento. "Ehm, sì. Grazie di avermi portata qui. Da adesso dovrei riuscire ad arrangiarmi."

"Vado a telefonare al medico," fa lui, però non si muove.

"Hai un buon profumo," mi scappa.

Lui si limita ad annuire, come avessi detto una cosa assolutamente logica. "Tu di più."

Perdindirindina. Mi sa che *gli piaccio*.

Fa quel che pare un riluttante passo indietro. "Ok. Urla se hai bisogno di me."

"Sì. Urlo. Grazie."

Si chiude la porta alle spalle e sospiro. Letteralmente.

Adesso che sono in piedi, mi sento un po' più in salda. Faccio le mie cose e mi esamino la benda allo specchio. Il medico è stato bravo. Ora però devo capire cos'è successo e dov'è Bentley.

Prima le cose importanti. Il bicchiere d'acqua mi ha solo fatto venire ancora più sete. Zoppico fuori dalla stanza da sola. Nessun segno di Teddy, quindi faccio capolino nell'ambiente principale della baita. Contro una parete c'è un caminetto con davanti un divano e una poltrona incurvata. A destra c'è il portone, lasciato aperto. La luce che s'insinua all'interno dalle finestre anteriori mi fa strizzare gli occhi. Mi appoggio allo stipite per riprendere l'equilibrio.

Oltre alla zona giorno c'è un cucinino, una cambusa arredata con molte credenze di pino e un fornello di legno nero. C'è qualcuno davanti al frigo aperto, curvo in avanti, che rovista. Le bottiglie tintinnano.

"Teddy?"

La figura si raddrizza, e mi esce tutto il fiato dai polmoni. Orecchie pelose, pelliccia nera, muso allungato. Non è mica Teddy.

C'è un orso in cucina.

Capitolo tre

Teddy

C'è un'umana in casa. Un'umana *carina*. Ricorda l'orso, ma non dice se mi ha visto tramutarmi.

Pare non ricordare tutto. Né la salita fino alla cima del monte, né il tentativo di ucciderla di quel barboso coglione del fratellastro.

Chissà perché non gliel'ho detto. Avrei potuto spiegarle che voleva buttarla giù per la montagna e che quando mi ha visto è scappato, ma mi sembrava crudele infliggere questa verità a una persona appena risvegliatasi da una botta in testa. Non posso però viziarla per sempre. Ha bisogno di sapere. Finché suo fratello sarà in circolazione, lei sarà in pericolo.

Non fa niente, dice contento l'orso. *La proteggeremo noi.*

Mi passo tutte e due le mani sulla faccia. Non avevo proprio bisogno di questa complicazione. Ma, che mi piaccia o no, sto ospitando un'umana, e l'istinto di protezione sta dando i numeri. Devo tenerla al sicuro, monitorare i sintomi. E nutrirla.

Gli esseri umani mangiano uova, vero? I Terribili tre tengono i polli nelle vicinanze, anche se gli ho detto e ripetuto di spostarli più vicino alla baita della mamma. I miei fratelli minori sono tremendi nelle faccende, quindi probabilmente saranno rimaste un sacco di uova.

Chiamo Matthias e mi precipito ai pollai, e lui mi dice di dare a Lana del Tylenol e di tenerla tranquilla per il resto della serata. Riaggancio e vado a caccia di Big Bertha, la chioccia principale, per recuperare la cena per l'ospite.

Sono di ritorno con le braccia piene di uova, quando scorgo odore di intruso. Il portone è aperto e oscilla alla brezza. "Figlio di puttana..."

Accelero, lasciando cadere qualche uovo mentre mi precipito dentro. Arrivo giusto in tempo per sentirla trasalire. È sulla soglia della camera a bocca spalancata. In cucina c'è un grosso orso nero col muso infilato nel congelatore.

"No!" esclamo agitando le braccia, dimenticandomi delle uova. Molte altre si spiaccicano a terra. Ne agguanto due e le lancio all'orso. Lui scappa per la stanza, ma si becca un tuorlo sul grugno. Annusando e starnutendo, scuote il muso spruzzando rossa d'uovo ovunque.

"Fuori." Carico in avanti tenendomi fra lui e Lana. Sventolo un braccio verso la porta come un vigile. L'orso, ossia mio fratello Axel, mi rivolge un'occhiataccia di rimprovero e se ne va bello tranquillo verso l'uscita. A metà strada si ferma per girare la testa verso la camera. Ha sentito l'odore di Lana. "Subito!" grido mettendomi alle sue spalle per spingerlo all'esterno. Quell'idiota probabilmente ha i postumi di una sbornia e voleva sfamarsi col mio frigo. Maledizione. Avrei dovuto dirgli che sono in missione segreta e non devo essere disturbato.

Quando riesco a farlo uscire, ormai ho il pavimento

coperto di succosi tuorli e gusci rotti. Le ante del frigo e del congelatore sono rimaste aperte, e devo spingere in fondo un bel po' di roba per richiuderle. Un pacco di surgelati è segato da artigli – la salsiccia di cervo preparata l'anno scorso da Axel. Ne fece tanta che dovette portarne un po' da me. Me n'ero dimenticato.

Alla lotta sono sopravvissuti tre ovetti. Se salvo quelli e un pacco di salsicce, posso preparare un pasto completo all'umana.

Oh, merda. La femmina.

Lana è ancora sulla soglia, gli occhi castani fissi e sgranati. Mi precipito da lei.

"Lana." Le poso le mani sulle spalle e verifico che stia bene. "Tutto ok? Parlami."

Le trema il labbro inferiore. "O-O-O..."

"Orso." La prendo fra le braccia. È la terza volta oggi, ed è sempre più piacevole, cavolo. "Sì, lo so. Adesso se n'è andato." Alzo la voce e urlo verso la finestra, nella direzione dell'ombra in allontanamento di Axel. "E non tornerà."

"È entrato dalla porta ed è andato al frigo." È senza fiato. "Sono davvero brutti e cattivi gli orsi qui, eh?"

"Non ne hai idea."

La prendo in braccio per sistemarla sul divano. "Il medico ha detto che stasera devi restare tranquilla." Si raggomitola tutta, ancora traumatizzata. Che altro dà conforto agli esseri umani? Recupero una coperta e ce la avvolgo. Posso accendere il fuoco, ma devo raccogliere i ceppi. Prima devo pulire qui. Faccio di corsa, verificando che il portone resti chiuso. Non voglio ricevere visite da altri fratelli.

"Era lui?" domanda Lana. "È l'orso di qui? Era diverso da quello che ho visto sulla cima della montagna. Quello era bruno."

Butto i ceppi nel caminetto e sistemo quelli in più sul bancale vicino al fornello di legno. "No, era un altro. È... è innocuo. Se torna, caccialo via."

Batte le ciglia. "È stato incredibile. L'hai fatto uscire come niente fosse." Fa il gesto con la mano. "Neanche fosse stato una mosca."

Grugnisco. Nel profondo, l'orso se la tira assai. "Come ho detto, è innocuo."

"Sei stato coraggiosissimo. Come Bear Gryllis. Lo conosci?"

"Chi? No."

"Peccato. Sarebbe perfetto per farmi da modello per la nuova linea di abiti ispirata alla montagna. Anche tu, comunque. Che ne dici di fare il modello?"

"Neanche per idea." Mi acciglio davanti ai ramoscelli in fiamme. Matthias ha detto di cercare sintomi di commozione. "Sai, il medico ha detto che le botte alla testa possono causare cambiamenti nel modo di comportarsi. Ti stai..."

"Oh, sono sempre così." Sventola una mano. "Ho il cervello che salta incessantemente da una parte all'altra. Bentley dice che sono ottusa."

"Bentley." Ringhio il nome, e lei ride piano. Suono che istantaneamente desidero sentire di continuo.

"Ti comporti come lo conoscessi."

"Non lo conosco. Non ancora."

E quando lo conoscerò, non ne sarà per niente felice.

"Adesso ti porto il Tylenol e del ghiaccio per la testa. Aspetta un secondo, piccolina."

Gira la testa per seguirmi con lo sguardo mentre vado in cucina a recuperare una confezione di mirtilli surgelati. Torno con un bicchiere d'acqua, il Tylenol e i mirtilli.

Un orso furbo le porgerebbe la roba per poi ritirarsi. Mantenersi lontano dall'allettante umana.

Mi sa che non sono un orso furbo. Sono pessimo, anzi. Perché mi accuccio accanto all'ospite per posarle i mirtilli sulla testa.

Non perché desideri un'altra bella sorsata del suo profumo melato. E decisamente non perché non riesca a fare a meno delle sue chiacchiere gioiose e delle seducenti trecce rosa. Più che altro perché l'orso insiste perché mi prenda cura di lei.

Malgrado adesso sia combattuto fra il prenderla in braccio per cullarle la testa, tenerci il ghiaccio e prepararle la cena.

Ma che follia.

Devo indietreggiare. Smetterla di toccarla. Mettere l'orso sotto controllo. Mi costringo ad alzarmi e mi schiarisco la gola. "Vado a sistemare la cucina e prepararti la cena."

"Serve aiuto?" domanda la dolce umana.

"No, piccolina. Tu resta distesa lì e riposa." Le punto contro un dito severo. "Ordini del dottore. E miei."

Giuro su Dio che al tono ha serrato forte le cosce, come eccitata dalla prepotenza.

Mi viene subito duro, e prima ancora di cogliere il dolce profumo della sua voglia.

Maledizione. Sarà una notte lunghissima.

Lana

Teddy pulisce il disastro fatto con le uova con uno strofinaccio umido e poi finisce col mocio. Per essere un enorme montanaro, il mocio lo usa benissimo. Rapido ed efficiente. Grazioso, malgrado la stazza.

"Che lavoro fai, Teddy?"

"Il pilota di elicotteri."

"Davvero?" Mi raddrizzo per vederlo meglio immaginandomelo all'opera. Lo credevo più un taglialegna o uno di quei vigili del fuoco che si buttano dall'alto. Però anche da pilota è sexy.

"Riposa." Mi punta di nuovo contro il dito. Lo stesso che mi fa serrare i muscoli interni e che mi inumidisce le mutandine.

In quanto ultramilionaria donna amministratrice delegata di un'azienda di mia proprietà e bella in carne, sono decisamente prepotente. È sbagliato eccitarsi con uno più grosso, più forte e molto più dominante, tanto per cambiare? Sorrido. "Perché hai scelto di pilotare elicotteri?"

Fa spallucce. "Non ho scelto niente. L'ha scelto l'esercito."

"Ah, sei un militare. Avrei dovuto capirlo dalla larghezza del torace."

Teddy china lo sguardo sul petto col sopracciglio aggrottato. Dà uno scossone alla testa. "Adesso devo nutrirti. E poi torni a letto. Presto."

"Sì, papà," dico allusiva. Che mi faccia da paparino quanto vuole. Sempre. E con entusiasmo, anche.

Inarca un sopracciglio, e schiaccio le gambe una contro l'altra per nascondere un brivido.

"Ti vanno uova e salsiccia? O preferisci qualcosa di meno grasso?"

Mi scollo la confezione di mirtilli surgelati dalla testa. "Posso mangiare questi?"

"Sì. Ma non bastano come cena." Li prende e va in cucina. Dopo aver rovistato nelle credenze e nel congelatore, torna con una scodella di mirtilli con quello che sembra gelato. "È latte. Mia madre ce lo faceva sempre così. Mirtilli congelati e latte. Raffreddano il latte, che diventa viola."

"Che bontà." Assaggio il latte freddo.

"Piano. Altrimenti il freddo ti va alla testa." Mi si siede accanto, e ancora una volta il suo peso mi fa sprofondare contro di lui.

"Mia mamma mi dava il gelato quando stavo male," dico masticando. "Con Roger era sempre impegnata, ma la tata faceva lo stesso. Prima che partissi per il collegio, almeno."

"Quanti anni avevi quando lo conobbe?"

"Otto. Bentley dieci. La mamma e Roger erano proprio innamorati, ed ero felice per loro. È un'attrice teatrale, ed è comparsa anche in qualche film. Si conobbero sul set. È bellissima... cioè, *era* bellissima."

"Condoglianze."

"Non fa niente. I miei non erano molto presenti. Soffro la loro mancanza da quand'ero piccola, a dire il vero. E poi sono morti facendo ciò che amavano. Erano in volo per Cabo."

Gli crollano le sopracciglia. "È una battuta?"

"Ehm, sì. Più o meno." Poso la scodella e mi lecco le labbra gelide. "Ho le labbra blu?"

"Viola." Vi incolla lo sguardo, e si sporge in avanti, più vicino. "Hai un po' di..." Ha la voce bassa e roca. La lingua schizza fuori per posarsi sul mio labbro inferiore, e inspiro forte. "...ghiaccio qui."

Mi sporgo per premere la bocca contro alla sua, vogliosa del bacio che credevo in arrivo.

Lui geme e mi prende la nuca per tenermi ferma. Quando risponde al bacio, me lo sento ovunque – in formicolii che ruotano e mi danzano sulla pelle. Nel pulsare fra le gambe. Nel brivido che mi percorre le clavicole.

Però mi pulsa anche la testa, e aumenta l'intorpidimento. Mi sfugge un lamento involontario, e Teddy si ritrae.

"Scusa." Tossisce. "Sei ferita. Non so cosa mi è passato pe la testa."

Per un terribile momento temo che si alzi e se ne vada, invece posa la scodella sul tavolino e si volta verso di me per stendermi le gambe sulle sue. Mi sa che la pomiciata è finita. Che delusione, però è meglio così. I colpi al capo scemano a ogni salita e discesa del suo petto.

Quando attacca a parlare, lo fa con voce tanto bassa e confortante che mi ritrovo a sprofondare ancora di più nella sua presa. "Mia madre adottò me e mio fratello quando avevo sette anni."

Resto molto immobile, in attesa che dica altro.

"La nostra madre biologica era giovane. Non si aspettava figli. Non sapeva che fare con noi. Ci aveva cresciuti in un furgone, sempre in viaggio, in campeggio. Ci aveva insegnato a vivere nella natura. Poi, un anno, decise che eravamo abbastanza grandi da badare a noi stessi, ci scaricò sul monte Bad Bear e se ne andò."

Serro le labbra per impedirmi di spalancare la bocca. Anche ai miei piaceva viaggiare, ma quand'erano presi dal jet set assumevano una tata che ci stesse appresso. Chi abbandona i figli nel bosco quando hanno a malapena fatto l'asilo?

"Su questa montagna aveva vissuto in una comune con la mamma," continua "Quindi pensava che sarebbe andato tutto bene. Solo che la comune si era dissolta. Rimaneva solo la mamma. Ci trovò a dormire in una tenda a brandelli. Ci convinse a entrare nella sua baita con biscotti di scaglie di cioccolato e ci costruì un letto a castello."

"Ma..." Non so che dire. Che orrore che siano stati abbandonati. Però quel che fece sua madre è incredibile. "Sono contenta che vi abbia trovati."

"Sì, anch'io. Intorno allo stesso periodo accolse un altro

fratello, Matthias, quando i suoi morirono. Sai, aveva sempre voluto avere figli, ma era sola. Dopodiché adottò tre gemelli. Ci accolse tutti."

Batto le ciglia per scacciare il calore dagli occhi. Ai miei occhi, la madre di Teddy è passata da Wonder Woman a dea.

"Matthias è quello bravo. Ha sempre avuto la testa a posto. Io e Darius eravamo mezzi selvaggi. Litigavamo sempre. Probabilmente sfogavamo la rabbia l'uno contro l'altro."

"Ovvio. Teddy, che..." Ancora non so che dire. "Non riesco a credere a ciò che hai passato."

"Già. Non ne parlo molto. Anzi, non ne parlo per niente."

"Lo capisco."

Mi strizza il ginocchio, senza farci troppo caso, e io metto la mia mano sulla sua, grande e ruvida. Ce ne restiamo così per un po', a tenerci la mano come fosse il gesto più naturale del mondo. Come non ci fossimo conosciuti solo oggi in circostanze assurde.

Uno sbadiglio ha la meglio – è tanto grosso che mi scricchiola la mascella. Cerco di nasconderlo, ma Teddy lo vede.

"Ok, piccolina. A letto."

"Cosa? Di già?" Il sole è tramontato mentre parlavamo.

"Dai." Mi prende in braccio. Sono una tipetta grandina io, ma questo vichingo gigantesco mi solleva e porta in giro senza fatica. Cavoli, deve fare i sollevamenti con tronchi d'albero. Gli cingo il collo con un braccio e mi godo il giretto.

"Sai," dico mentre mi porta in camera, "potrei abituarmi a farmi portare in braccio da te. Mi dispiace di essermi persa la prima volta. Di aver perso i sensi."

Mi posa a terra. "Ah, a proposito. Non ti avrei spostata da lì, solo che..."

"Oh, non sono arrabbiata. Mi dispiace solo di essermi persa le prime coccole."

"Cosa? Ma no. Non ci sono state mica coccole."

"Ti sto prendendo in giro. Sono però sicura che sei bravo nelle coccole, anche se magari un tantino ruvido. Sai, per la barba."

Inclina il capo a fissarmi come fossi una sorta di strana e nuova creatura.

"Hai la barba così lunga che sembra poter spaccare rasoi." D'impulso, gli tocco i peli troppo lunghi del mento. "Oh, che morbida. Non me l'aspettavo. Per via, sai, della faccia da cattivone a riposo."

"Ok, basta così." Mi prende la mano, ma senza tirarmi. "Devi riposare."

"Notte, vichingo." Gli accarezzo di nuovo la barba. "Notte-notte, barba del vichingo."

Leva gli occhi al cielo e indica il bagno. "Nel cassetto accanto al lavandino c'è uno spazzolino ancora confezionato. Prendi tutto quello che vuoi dal mio armadio. Se lasci la tua roba fuori dalla porta, te la porto a lavare, così sarà pronta domattina. Chiamami, se hai bisogno."

Lo spazzolino è proprio dove detto da lui. Spalanco contenta l'armadio e prendo un paio di morbidi pantaloncini sbiaditi e una maglietta a mezze maniche per dormire. Cavoli, sono i vestiti più comodi che mi sia mai messa. I pantaloni mi fanno un bel culo, quindi vada per questi.

Addio camicie da notte e vestitini da casa. La prossima linea che disegnerò per la GoddessWear sarà di abiti in stile maschile. Perfetta da regalare e poi fregare al proprio ragazzo.

Vestita, socchiudo la porta per sbirciare nella baita buia.

Mi ci vuole un attimo per individuare il mio vichingo. È accucciato al focolare per ravvivare il fuoco.

Avanzo di soppiatto e butto i vestiti sporchi sul tavolino. "Teddy? Tu dove dormi?"

"Sul divano."

Ci sta sul divano? "Ma..."

"Ci starò bene, piccolina."

Ho sulla punta della lingua una domandina: non è che può rimboccarmi le coperte? Ma gli ho già preso in prestito i vestiti e rubato il letto, quindi lascio la porta aperta e mi stendo. I cuscini hanno ancora il profumo di Teddy. Non mi ero mai ritrovata avvolta dall'odore di un ragazzo, ma il suo è divino. Fresca aria di montagna, delle erbe, tipo rosmarino, e sale del sudore. Il buon sudore dovuto a una lunga corsa nel bosco seguita da un'epica maratona sessuale.

E adesso sono arrapata. Anzi, cancella tutto: sono arrapata da quel momento sul divano. Il divano in cui adesso è incastrato Teddy...

Mi giro a sinistra e poi a destra. Non riesco a mettermi comoda. Se io non sto comoda, mi sa che soffre anche Teddy.

"Teddy?"

"Sono qui." La voce è molto più vicino del previsto, appena fuori dalla porta. "Non stai dormendo."

C'è la sua ombra sulla soglia. Tendo la mano verso di lui, che viene a prenderla. Si muove silenziosamente per essere così grosso.

"Non mi sento bene."

"No?"

Chiudo forte gli occhi e ricordo le frasette quotidiane. *Sii coraggiosa. Chiedi ciò che vuoi.*

Mi schiarisco la voce. "Ho la febbre. E l'unica medicina sono altre coccole."

"Ah sì, piccolina?" Ha il capo chinato, però gli sento un sorriso nella voce.

"Eh sì."

"Ok. Fatti più in là."

Evviva!

Il suo peso fa sprofondare il letto, e mi posiziona dove mi vuole, davanti a lui, sul fianco che dà verso l'armadio. Il letto è grande, ma anche Teddy, e perché ci stiamo in due deve avvolgermi tutta.

Non che sia difficile, eh. Affatto. Scambierei tutte le uscite con pallosi fidanzatini delle superiori per dieci minuti di abbracci con Teddy.

"Comoda?"

"Sì. Coccoli bene." Non riesco a trattenere una risatina entusiasta. Dopo qualche secondo di divincolamenti, stringe la presa su di me.

"Neanche per idea."

"Ok." Cerco di addormentarmi, ma non riesco a smettere di ridere.

Mi soffia sulla nuca quando sospira. "Che c'è adesso?"

"Stavo solo pensando una cosa. Sei grandissimo e hai una bella attrazione gravitazionale. Quando ti siedi accanto a me, ti precipito addosso."

Silenzio.

Aspetto che risponda, e visto che tace m'innervosisco. "Va bene, no?"

"Sì. Adesso dormi."

Che prepotente. Ma anche caldo, e mi abbraccia come mi piace, quindi invece di ribattere eseguo.

Capitolo quattro

*T*eddy

Alle sei in punto, spalanco gli occhi. Fuori dalla finestra c'è un pettirosso che strilla come un matto. È eccessivamente entusiasta della primavera, e sta cercando di attrarre una compagna da farsi.

Siamo in due, pazzo di un uccello. Siamo in due.

Lana è un caldo groviglio di sonno contro il mio corpo. Abbiamo passato la notte insieme, durante la quale me ne sono andato solo due volte: una per controllare il perimetro della baita e un'altra per mettere i vestiti bagnati in asciugatrice. Ho dormito coi jeans, ma il pisello sta facendo del suo meglio per scavare nel tessuto e annidarsi nella dolce, dolcissima fessura del culo di Lana.

Con un gemito, mi scosto da tanta perfezione sexy per districarmi dalle coperte. Ce l'ho così duro che vado a gambe rigide al bagno e chiudo la porta. Una sega di qualche minuto immaginandomi le meravigliose curve di Lana e mi vengo sulla mano come un ragazzino.

Quando però apro la porta e mi ritrovo addosso il suo

melato profumo, l'uccello torna acciaio. Non allenta la tensione, quindi dovrò pensarci io.

Esco nella frescura dell'alba e prendo il telefono. Invio qualche messaggio – uno a mio fratello Matthias per dirgli che la paziente si è fatta una bella notte di sonno e che deve tornare a visitarla. Un altro al mio amico Rafe Lightfoot di Taos. Rafe è l'alfa del branco Black Wolf. Erano tutti nella mia unità nell'esercito, e adesso gestiscono un'operazione di sicurezza che gli permette di darsi a missioni segrete sul campo. Se non riescono loro a rintracciare quella testa di cazzo del fratello di Lana, non so chi possa riuscirci.

Le prendo in prestito lo zaino per recuperarne la patente e gliene mando una foto. Lana sta ancora dormendo con respiro calmo. Probabilmente ci vorrà ancora un po' perché si svegli, ma quando lo farà avrà fame. Devo prenderle qualcosa. Per fortuna a quest'ora l'*Emporio* è aperto.

Mentre sono diretto al paese, Matthias mi chiama.

"Come sta la paziente?" Il mio fratello medico è vivace, malgrado l'ora. È un mattiniero come me.

"Sta guarendo."

"Ricorda qualcosa?"

"Non lo so."

"Ho ricevuto un messaggio dalla sanguisuga di Las Cruces. È in attesa."

Sfodero i denti. È il vampiro che cancellò la memoria a Tiffany. A quel che ricordo, gli piaceva l'ironia di un paese chiamato Le croci. Le sanguisughe hanno un senso dell'umorismo strano.

"Prima lo facciamo, meno ricordi dovrà cancellarle," continua. Ha un tono così pratico che mi viene voglia di dargli un pugno.

Il pensiero di cancellare la memoria alla bellissima donna che giace nel mio letto mi fa star male. E se la incasina? E se le cambia gli schemi di ragionamento o la personalità così solare? Potrebbe trasformarla in una persona diversa. Potrebbe rovinarle la vita.

Inoltre, e lo dico egoisticamente, non voglio che mi dimentichi.

Ma l'alternativa è peggiore. "Quante probabilità ci sono che non ricordi nulla?"

"Il siero che le ho dato è potente. Prima o poi ricorderà tutto."

Maledizione.

Matthias lascia indugiare il silenzio. Quando è chiaro che non dirò nulla, domanda, "Vuoi che lo faccia io? Dopo i pazienti di oggi posso venire a prenderla."

"No." Sospiro, preparandomi e scacciando dalla mente l'immagine di Lana distesa pacifica nel mio letto. Per una notte l'ho stretta fra le braccia. Dovrà bastare. "Quando sarà ora, lo farò io."

* * *

Lana

Riecco che le belle tendine mi accolgono non appena apro gli occhi. Gli orsetti danzano alla brezza, lasciando entrare la forte luce del mattino. Mi sembra di essere finita sotto un camion, ma in senso buono. Non ho dolori acuti alla testa e sono stordita come avessi dormito profondamente quasi tutta la notte.

Sono sola, ma accanto a me, sul materasso, c'è la fossa di un uomo grande quanto una montagna. Prova che Teddy ha trascorso tutta la notte con me. Dev'essersi svegliato presto, e poi mi ha lasciata dormire.

"Teddy?" Scendo dal letto con uno sbadiglio. Porto ancora i suoi pantaloncini e la sua maglia, ma ai piedi del letto sono comparsi magicamente i miei vestiti, puliti. Il mattino è fresco, quindi mi metto i pantaloni rosa. Rinuncio alla maglietta per la canottiera e recupero una camicia a quadri per coprirmi le braccia. Le maniche mi pendono oltre i polsi finché non le arrotolo, ma non riesco ad abbottonarmela all'altezza del seno. Se resto qui, mi servono dei vestiti.

Ma per quanto resterò poi? Ieri ero fuori gioco, ma sarà il caso che trovi Bentley e lasci la montagna. E il covo di Teddy. Come minimo devo far riparare e ricaricare il telefono.

La baita è vuota. Nessun segno di Teddy in cucina né in soggiorno. Almeno non c'è l'orso. Non credo mica di essere pronta a scacciare un orso prima del caffè. O in questa vita.

Esco. Senza l'elisuperficie, il prato e i fiori di campo sono carini come una cartolina. Scatterei una foto col telefono, non fosse in pezzi come la mia testa.

Cavoli, quante ne ho passate in ventiquattr'ore... ho scalato una montagna, battuto la testa, perso il mio fratellastro e mi sono fatta salvare e portare in questa baita da un montanaro sexy... troppo anche solo per pensarci. Le coccole con Teddy sono state il clou. La ferita alla testa e i ricordi persi il fondo. Gli avvistamenti di orsi, incluso quello che ha saccheggiato il congelatore di Teddy, stanno nel mezzo.

Sono anche preoccupata per mio fratello. Mi precipiterei subito alla sua ricerca se nel profondo non credessi che mi abbia abbandonata per andarsene senza di me. Gli concedo comunque il beneficio del dubbio, e do per scontato che se ne sia andato prima che battessi la testa.

Mmm.

Quanti pensieri cupi per una giornata così bella. Sono in un bel campo pieno di fiori. Ho trascorso la notte fra le braccia di un montanaro. Per adesso posso fingermi in vacanza. Del resto mi occuperò dopo.

Mi inoltro nel prato, schermandomi gli occhi dal sole. Potrei tentare una coreografia alla *Tutti insieme appassionatamente*, completa di giravolte, ma potrebbe non essere il massimo per la testa, quindi mi butto su una passeggiata tranquilla lungo un sentiero nell'erba verso la riga di alberi. Dietro alle chiome, c'è una fila di scatole di legno. Qualche altro passo e sento un ronzio. Api. Sono alveari.

Un'ombra si muove fra di essi. Mi copro gli occhi, sul punto di chiamare Teddy, quando la figura si sposta pesantemente alla luce.

È un orso, il più grosso che abbia mai visto. Ha il pelo screziato d'ombra, ma le zampe chiaramente definite quando agguantano la cima di un alveare per piazzarlo – strisciante d'insetti – su un altro. Le api volteggiano attorno alla sua testa. Alcune gli atterrano nella pelliccia, ma non sembrano arrabbiate. I movimenti del bestione sono lenti e calmi; continua a spostare gli alveari.

Mi massaggio gli occhi. Ma è tutto vero? Sono impalata fra gli alberi, incapace di proseguire, poco desiderosa di scappare e attirare l'attenzione dell'orso.

Che sembra vedermi comunque, e si alza sulle zampe posteriori. È ancora in ombra, quindi non capisco se è bruno, nero o un grolare. Non che il colore conti. Se vuole mangiarmi, sono comunque morta.

Per un lungo momento, ci fissiamo con le api che ronzano fra noi.

L'orso sventola una zampa enorme e le lascia ricadere tutte e quattro, poi si addentra pesante nel bosco, oltre gli alveari.

Mi accascio contro a un tronco. Ha ragione Teddy. Devo aver preso una botta molto forte.

"Lana!" Sbuca furioso da dietro la baita.

"Teddy," faccio io debolmente.

Mi tira su di colpo e torna a casa. "Non puoi uscire, è troppo pericoloso."

"Lo so." Mi aggrappo stretta al suo collo. La barba mi irrita la fronte, giustamente.

Alla baita, mi riprendo dallo shock. "Ho visto un orso prendere il miele dagli alveari. Avresti dovuto vederlo, Teddy. Era diverso dagli altri. Non gli ho visto la pelliccia, ma era enorme. Dev'essere un grolare."

Teddy grugnisce e mi piazza sul divano. "Stai bene?"

"Non mi sono fatta male."

Mi tasta in cerca di ferite, quindi gli prendo le mani. "È incredibile. Non riesco a credere che nessuno sia venuto su questa montagna a riprendere gli animali."

Si scosta. "Lascia stare i programmi televisivi. A noi piace la privacy."

"Ovvio. Però è un peccato che non ci abbiano girato neanche un documentario. Questo posto è un tesoro nazionale. Qua gli orsi si comportano quasi come persone."

Teddy è andato alla porta. La chiude e indugia all'ombra, grattandosi la nuca.

"Tutto bene?"

Non risponde. Ho detto qualcosa di male?

Buffo: so farmi scivolare addosso il rifiuto di Bentley, però Teddy mi inquieta. Mi tiro le ginocchia al petto.

Tiene la testa china, ma percepisco una certa agitazione. Devo aver detto – o fatto – qualcosa di sbagliato.

"Sarà meglio che vada. Che mi levi di torno. Che torni alle mie cose."

"No," abbaia.

"No?" Lo guardo battendo le ciglia.

Torna al mio fianco, veloce come se n'era andato. Ora

che è vicino sembra non saper che fare, quindi prende la coperta e mi ci avvolge. "Devi rimanere qui a riposare." Il tono gentile mi rilassa.

"Credo di essermi ristorata a sufficienza. Almeno lascia che mi programmi la giornata. Posso usare un telefono? O hai un caricatore per l'iPhone?"

"Perché?"

"Così chiamo qualcuno. Al lavoro. Eccetera. Devo almeno capire cos'è successo a Bentley. Mi sento una pessima sorella, a star qui a poltrire mentre lui potrebbe essersi perso su questa montagna. O peggio. E se ha battuto la testa anche lui?"

"Non è sulla montagna. Ho fatto fare delle ricerche a Matthias e agli altri miei fratelli. Se è qui, si è nascosto bene. È più probabile che se ne sia andato. Gli ho già messo dietro una squadra."

"Una squadra? Fai sul serio, eh?"

"Scusa, piccolina. Non voglio spaventarti. Probabilmente sta bene."

"Sì, probabilmente sì. Forse prima che battessi la testa abbiamo litigato; ecco perché se n'è andato."

Teddy apre la bocca, poi la richiude e mi stringe la mano. "Sì." Si schiarisce la gola. "Possibile."

"Bentley è sempre stato duro con me. Sembra che lo irriti anche solo la mia esistenza." Faccio spallucce, perché malgrado non voglia sia così, quando devo essere sincera con me stessa so che è vero. Posso comunque trarne il meglio. "Be', almeno posso andare in paese per trovare il modo di ricaricare il telefono. O aggiustarlo. Non sarò in grado di scalare il monte, ma una passeggiatina giù, dove posso rimediare un passaggio..."

Ammutolisco, perché Teddy scuote il capo.

"Allora posso prendere in prestito la tua macchina? Guido bene, sai."

"Niente auto."

"Una bici? Un asino? Una macchinetta da golf potenziata con gomme da quad?"

Altri scossoni. "No."

"Vabbè, allora vado a piedi." Mi alzo e sculetto verso la porta, per fare una prova.

Non percorro più di un metro e mezzo che Teddy mi raccoglie e mi riporta indietro.

"Come sospettavo." Gli pianto un dito in petto. Ha pettorali tanto sodi che si piega. "Non vuoi che me ne vada."

"Sei ferita," ringhia.

Dopo anni della crudeltà di Bentley e dell'indifferenza dei miei, tanta preoccupazione mi scioglie dentro. E carbura il mio sole interiore. Le cellule del mio corpo sembrano pulsare di luce quando sono accoccolata fra le braccia di questo meraviglioso vichingo. Come ho fatto a essere tanto fortunata? Insomma, ma cos'è successo?

"Sono una donna importante io. Ho delle cose da fare. Posti in cui recarmi." Lo spingo, un po' seducente, lacerata fra il desiderio di produttività e quello di rimanere fra le sue braccia per sempre, ma lui non batte ciglio. "Dico sul serio, Teddy. Per quanto credi di potermi tenere qui?" Levo gli occhi battendo le palpebre, guardandolo fisso, chiedendomi chi sia questo gentile vichingo e dove sia stato per tutta la mia vita.

Gli occhi gli luccicano di un colore brillante. Dura un solo momento, quello successivo è sparito. Forse è un gioco di luci. "Per quanto mi pare."

Molto. Ok, mi sta bene. Vediamo se dice sul serio. "Ah sì? Vedremo." Reggendo il suo sguardo, mi volto piazzandogli 'per sbaglio' il sedere in grembo e strusciandoglielo addosso fino a farlo ringhiare, e mi afferra i fianchi.

"Lana," mi avverte.

"Vichingo," rispondo io, il centro che si serra tanto che deve per forza accorgersene. Mi mordo il labbro, sperando di sì.

Mi spinge sul divano di schiena, e si sporge su di me con la mano piantata accanto alla mia testa. "Tu non te ne vai. Punto."

"Non puoi impedirmelo," sussurro io, elettrizzata dal nuovo giochino.

"Mi sfidi?" Posa il peso su di me, non tutto ma a sufficienza da tenermi schiacciata e farmi sentire l'erezione, che sembra l'ago di una bussola puntata a nord. Paradiso.

"Scapperò quando sarai distratto."

Mi strofina il naso sulla faccia. La barba mi graffia deliziosamente la guancia morbida. "Ti lego al letto."

Mi si serrano le viscere. "Magari mi piace." La voce mi esce strangolata.

"Ah sì, piccolina? Allora dovrò pensare ad altre punizioni."

Perdindirindina. "Giuri?"

China il capo per baciarmi. Il calore s'accende fra noi. Ho la sua mano sotto alla coscia; mi massaggia con la promessa di un altro tipo di contatto. Lo afferro per tirarlo giù. Voglio tutto il suo peso su di me. Potremmo lasciare un'impronta permanente sul divano, ma ne varrebbe la pena.

Smarrita nella mia nebbia, mi tiro su per strusciargli la metà inferiore del corpo addosso quando mi brontola lo stomaco.

Teddy interrompe il bacio e mi guarda tutto accigliato.

"Lo ignoriamo?" domando, anche se lo stomaco borbotta ancora. "Ti prego..."

"Non posso." Mi dà un ultimo bacio sulla bocca e scivola via dal divano. "Devo nutrirti." Faccio per riagguantarlo con un lamento, e lui mi prende le mani e ne bacia i palmi alzandosi. "Prima la colazione."

"Colazione?"

"Già. Mi sono alzato presto per prendere qualcosa."

"Ecco dov'eri. Ti cercavo."

"Scusami, piccolina. Credevo non ti saresti svegliata prima che tornassi." Mi dà un colpetto sul naso e va in cucina, dove è comparso un nuovo gruppo di sporte. La spesa. Che è andato a fare. Per me? "La prossima volta ti lascio un biglietto."

La prossima volta? Mi cingo tutta posando le mani sulle spalle e inclino il capo per nascondere un sorriso.

Teddy vaga silenzioso per la cucina recuperando uova e latte e prendendo un'enorme piastra di ghisa che copre metà fornello.

Mi avvicino, godendomi la vista del grosso vichingo che si fa mansueto. "Posso darti una mano?"

"No. Faccio io."

Vado alla porta e mi piazzo sulla scalinata d'ingresso. Non sono molto veloce, ma facendo piano magari riesco a filarmela...

È una prova. Non voglio davvero andarmene, ma sono curiosa di vedere quanto il mio vichingo terrà fede alla minaccia.

Poso il piede su un'asse scricchiolante.

"Non pensarci neanche," dice senza alzare gli occhi.

Mi giro e lascio ricadere le mani sui fianchi. "Quindi sono tua prigioniera?"

"Sì." Fa un sorrisetto. Si diverte troppo.

Lo guardo strizzando gli occhi. Non vuole che me ne vada e non me ne dice la ragione. Ieri sera non ci ha neanche provato, con mia grande delusione.

Anche se devo proprio ammetterlo: probabilmente non mi avrebbe fatto bene al mal di testa.

"Siediti," ordina, e io obbedisco, tornando al divano. Anche se potessi sgattaiolare via, Teddy è esageratamente veloce. Mi beccherebbe prima ancora che abbia attraversato il prato.

In cucina, sbatte pentole e padelle. "Ti sto preparando dei pancake. Ti piacciono?"

"I pancake piacciono a tutti."

"E pancetta." Prende degli incarti marroni chiusi con spago da macellaio. "Ne ho presi due chili abbondanti."

"È parecchia pancetta."

"La pancetta piace a tutti."

Tocco la benda. "Qualche programma però lo devo fare. Almeno trovare un posto che mi aggiusti il telefono. O caricarlo."

"No."

"Perché no?"

"Perché il dottore ha detto che devi riposare."

Mmm. Sarà preoccupato per la testa. O mi tiene qui per altro. Oltre a ciò che ribolle fra noi.

Va bene, dai. Farò il pesce: comincerò a puzzare. È ora che cominci l'operazione Infastidire Teddy. "Be', mi sembra il momento giusto di dirti che sono vegana."

Solleva il capo dal banco, dove sta aprendo la pancetta. "Davvero?"

"Oh, sì. E non faccio eccezioni."

"Nemmeno per la pancetta?"

Mi brontola lo stomaco. Un minuto e la friggerà, e io non riuscirò a resistere. "Eccetto per la pancetta," concedo, e mi scervello per pensare agli ingredienti dei pancake, visto che ho detto che li avrei mangiati. "E per il latte. E il burro. E il bicarbonato di sodio." Il bicarbonato di sodio è un prodotto animale? "E un'occasionale costata," aggiungo per sicurezza. Se prepara bistecche, poco ma sicuro che non rinuncerò alla mia porzione.

"Quindi stai dicendo di essere una pessima vegana."

Allargo le braccia, da innocentina. "Visto quanto sono fastidiosa?"

"Fastidiosa? Direi *carina*."

"Carina?" Mi piazzo i pugni sui fianchi, ma dentro... evviva!

"Ah-ah." Torna alla colazione.

"Be', forse troverò il modo di rendermi un ospite sgradito. Gli orsi saranno niente in confronto."

Mi punta contro la spatola. "Continua e prima di legarti al letto ti sculaccio."

Tutta l'aria lascia la stanza. Sospiro, e finalmente trovo abbastanza ossigeno da squittire, "Giuri?"

"Lo sai, piccolina." Mi scocca un'occhiata che mi fa arricciare le dita dei piedi. Tutta l'acqua che ho in corpo mi si fionda fra le gambe per bagnarmi le mutandine.

Ricrollo sul divano e mi metto un cuscino sulla faccia. Mi nasconderò qui finché non mi sarò ricomposta.

Teddy continua ad agitarsi per la cucina con un sorrisetto. Crede di aver vinto. Pare che fare l'ospite fastidiosa non funzionerà.

Merdaccia secca, ma sono stata davvero rapita da uno così figo? Adesso fa tutto il gentile seduttore, ma fra un po' mi sveglierò legata al letto in un sequel di *Misery non deve morire*? Se quest'uomo dal bel culo ha intenzione di corteggiarmi e tenermi in ostaggio per uccidermi e mangiarmi, m'incazzo a morte.

Speriamo sia solo preoccupato e prepotente.

Mi mordicchio il labbro riflettendo sulla situazione. Non ha nulla di strano. Anzi, trasuda pura sicurezza.

Magari posso aspettare un altro giorno. Riposare e riprendermi, e poi far aggiustare il telefono e cercare Bentley.

Insomma, un altro balletto orizzontale col mio sexy vichingo non mi dispiacerebbe affatto. La mia libido dà il suo consenso. Dopo colazione, comincerà ufficialmente l'operazione Scopatona con Teddy.

Capitolo cinque

*T*eddy

Un brusco raspo alla porta mi fa ruotare su me stesso, ma è solo Matthias.

"Ciao." Entra chinando il capo per via del basso soffitto. "Vedo che la paziente sta meglio."

"Salve." Lana sventola appena la mano.

D'un tratto mi ritrovo fra i due.

Alle mie spalle, Lana trasalisce. "Accidentaccio, Teddy. Sei un razzo."

Matthias aggrotta le sopracciglia.

L'ho rifatto. Perdo il controllo davanti a un'umana. Ma che mi prende?

"Teddy?" dice mio fratello. Mi supera e mi si incastra in gola un ringhio indesiderato.

Mia. Dice l'orso. *Compagna.*

Merda.

* * *

Lana

Teddy è in pieno scontro con l'uomo alto appena entrato. Il nuovo arrivato è rasato di fresco, con pantaloni, camicia button down e un borsone di pelle nera. Sembra un testimone di Geova.

"Teddy?" C'è qualcosa che non va. I dottori non mi piacciono, e poi sono iperattiva dopo l'incidente dell'orsetto in cucina, e voglio avere vicino il vichingo. Tendo una mano verso di lui, che viene e sedersi sul divano accanto a me.

"Va tutto bene," dice. "Lana, ti presento il medico."

Il tipo alto mi guarda battendo gli occhi da gufo dietro agli occhiali tondi. "Piacere, Lana. Sono Matthias," dice con voce profonda. "Ti ho già visitata una volta."

"Grazie," sussurro. Mi pulsa forte la testa. Scivolo verso Teddy.

Il medico segue ogni mio movimento. "Stai bene?"

"Le fa male la testa," tuona Teddy. Mi sistema sul suo grembo. "Va tutto bene, piccolina."

Adoro che mi chiami così. Mi dà una sensazione di mieloso calore, come un biscottino con scaglie di cioccolato appena uscito dal forno. "Sto bene." Mi raggomitolo nel calore di Teddy, e rivolgo a Matthias un sorriso coraggioso. "Non sono una grande fan dei dottori."

"Comprensibile." Posa la borsa sul tavolino di pino. "Nemmeno io."

"Matthias è mio fratello," mi mormora all'orecchio Teddy.

"Ah." Faccio passare lo sguardo dal suo volto abbronzato a quello di Matthias, di qualche sfumatura più scuro del mio.

"Siamo figli adottivi," spiega Matthias.

"Ah, sì. Siete sei, no?"

Teddy fa spallucce. "Sette o otto."

"Sette o otto?" Allungo il collo per guardarlo negli occhi grigi. "Non ne sei sicuro?"

"Siamo così tanti che ho perso il conto. I gemelli trigemini sono identici. Così ci complicano la vita."

Lo guardo a bocca spalancata.

"Scherzo, Lana."

"Ovvio," mormoro. Strizzo gli occhi su Matthias in supplica, e lo becco a sorridere.

"Teddy, non è cortese scherzare con una persona che si è ferita alla testa," lo sgrida.

"Già, *Teddy*." Mi divincolo nel suo grembo per mettermi comoda. Lui mi abbraccia, bloccandomi coi grossi bicipiti. Ne pizzico uno per valutarne la solidità. Proprio come pensavo – ha i muscoli rigidi anche a riposo.

Quando levo lo sguardo, mi stanno osservando sia Teddy sia il medico.

"Stavo solo verificando una cosa," dico. "Ehm, va' pure avanti."

"Voglio solo vedere la testa." Matthias si siede sul tavolino che ho davanti. "Nulla di troppo invasivo, te l'assicuro. Ieri, quando eri priva di sensi, ti ho disinfettato la ferita e controllato le pupille. Vorrei cercare altri ematomi. Se va tutto bene, non sentirai dolore."

"Ok." M'immobilizzo.

Mi palpa il capo, facendomi domande mentre io faccio smorfie. Mi punta una lucetta dritta negli occhi e annuncia che le pupille vanno bene. "Nessun segno di emorragia interna. E il taglio sta guarendo bene."

"Ottimo." Mi agito di nuovo. È come se nei pantaloni Teddy avesse un grosso ceppo e... *ah*. La pianto di strusciarmi sull'uccello. Teddy si appoggia allo schienale portandomi con sé, posandomi nella curva di un massiccio braccio.

"Credo che ti riprenderai del tutto. Col riposo," dice Matthias. "Non muoverti troppo oggi, e non ti affaticare per un po'."

"Quindi niente escursioni?" chiedo per fare la sfacciata.

"Non oggi."

Cavolo. Ho delle cose da sistemare. Il telefono è rotto, e devo farlo aggiustare e sentire i dipendenti, ma non vorrei altro che accoccolarmi contro a Teddy. C'è qualcosa di consolante nell'idea di rimanere qui a riposare. Come se adesso che il medico mi ha dato la scusa fossi felice di obbedire. "C'è un posto dove posso trascorrere la notte?"

"Qui," tuona Teddy, e tanto forte che salto. "Tu resti qui."

"Puoi rimanere qui qualche giorno?"

"Penso di sì." Mi ero presa una settimana di ferie. Non che intendessi stare davvero lontana dalle e-mail per sette giorni, ma forse mi farà bene. Posso inventarmi qualcos'altro per l'edizione limitata dei pigiamini 'Bad Bear'. Che senso ha essere un'amministratrice delegata se la mia squadra non sa arrangiarsi in mia assenza?

"Allora siamo d'accordo. Resti qui." E mi stringe il ginocchio.

Matthias mi dà la schiena per rimettere tutto nella borsa, ma ha la guancia curva, come se stesse silenziosamente ridendo di noi.

"Grazie della visita." Allungo il collo verso Teddy. "Dev'essere bello avere un medico in famiglia."

Teddy grugnisce. "Torna utile quando i fratelli hanno bisogno del tiraossi dopo la lotta."

Trasalisco.

"Scherza," mi rassicura Matthias, però Teddy sembra serio.

"Ho sempre voluto dei fratelli," faccio io. "O sorelle. Io e il mio fratellastro non siamo mai andati d'accordo. Ci ho provato ma... credo che i miei volessero che ci avvicinassimo... ecco perché ci hanno mandati qui insieme."

"Matthias cercherà tuo fratello." E gli scocca un'occhiata significativa che non so interpretare.

"Sì." Matthias si schiarisce la voce. "E possiamo coinvolgere anche gli altri fratelli."

"Vivete tutti sulla montagna?"

"Quasi tutti, sì," dice Matthias. "Io ho una baita vicina a quella dove siamo cresciuti."

"L'ho chiamato non appena ti ho portata qui. È stato lui a recuperarti lo zaino. Gli ho detto che non poteva non vederlo."

"Perché è rosa." Raccolgo una treccia e gli piazzo davanti alla faccia la punta color fenicottero. "Il mio colore preferito sa rendersi utile."

Teddy scuote il capo, quindi gli stuzzico la barba con le punte dei capelli per vedere cosa fa. Mi permette di strofinargliele sul mento per due secondi, prima di catturarmi la mano e premersela sul petto.

Torno a Matthias fingendo di non arrossire. "Per caso hai visto anche un'urna?"

"Sì," dice dopo un'occhiata a Teddy. "Era in pezzi. Mi dispiace, Lana."

"Dev'essere caduta." Faccio per grattarmi la fronte, e ricordo che è bendata. "Era vuota?"

Annuisce.

"Allora probabilmente siamo arrivati in cima." Cerco di pensare e vengo premiata da un acuto dolore alla testa. "Ahi."

Matthias va in cucina e torna con un bicchiere d'acqua, il Tylenol e altri mirtilli surgelati.

Teddy mi massaggia la schiena mentre prendo i

farmaci. "Fa' con calma, piccolina. Non sei costretta a pensarci oggi." Mi tiene delicatamente i surgelati sulla nuca.

Mi concedo di rilassarmi contro di lui. "Hai ragione, furbastro di un vichingo."

"Vichingo?" Matthias tossisce per coprire una risata.

"Non dovevi andare via?" sbotta Teddy.

"No, ma vado lo stesso." Si mette la borsa sulla spalla. "Ah, Daisy ti saluta. Vuole parlarti prima della prossima assemblea."

"Daisy?" domando io.

"La sindaca," dice Matthias. "Un'ottantanovenne che va per i cinquanta."

"Una pigna in culo," borbotta Teddy.

"Ehi." Gli do un altro pizzicotto al bicipite. È tanto sodo che lo rifaccio. "Che maleducato."

"Brava, Lana." Matthias va tranquillamente alla porta, che si è di nuovo socchiusa con la brezza. "Ah, Teddy..."

Teddy mi tira le trecce mentre io lo pizzico per vendetta. "Che c'è?"

"Devi venire a vedere una cosa."

S'irrigidisce, e inclina il capo verso il portone. Mi tiro seduta. E sento qualcosa anch'io: il distante e ritmico schiocco di pale d'elicottero.

"Resta qui, piccolina." Mi sposta con delicatezza sul divano e va a grandi passi fuori con Matthias.

Lascio i mirtilli surgelati in un piattino decorativo sul tavolino e li seguo, troppo curiosa. Come arrivo alla porta, una folata di vento la spalanca.

Un elicottero volteggia sul campo davanti alla baita. Vola polvere, i pini scagliano in fuori i rami e i fiorellini si appiattiscono quando si posa.

Mi porto le mani alle orecchie e indietreggio per ripararmi. Teddy si volta e mi abbraccia, coprendomi la testa con una mano protettiva.

Il mezzo è appena atterrato che ne esce dal retro un omone con una ventiquattrore nera, che poi fa cenno al pilota di andarsene. Viene di corsa alla baita mentre il velivolo si solleva e vola via. Strizzo gli occhi, ma non lo riconosco. È in giacca, cravatta e occhiali da sole, come uno dei Men in black.

"Fratello." Ha i capelli biondi un po' più lunghi di quelli di Teddy e scompigliati dal vento sollevato dall'elicottero. La barba delinea con precisione chirurgica la forte mascella.

Si leva le lenti e trasalisco. Togli il completo e il taglio costoso, aggiungi abiti lisi e barba sfatta, ed ecco l'immagine sputata di Teddy.

Posa la valigetta e allarga le braccia. "Ti sono mancato?"

Schiacciata contro al petto di Teddy, gli sento il ringhio vibrarmi attraverso. Mi sposta con cautela di lato.

"Teddy," lo avverte Matthias, ma sta già attraversando furioso il prato verso il sosia.

Affianco Matthias. "È uno dei gemelli trigemini?" Teddy non aveva detto di esserlo anche lui, ma forse ho capito male.

"No. È il gemello di Teddy."

"Darius," ringhia Teddy. Lo avvicina furtivo. Con le spalle curve e le mani distanti dai fianchi, sembra un boxeur sul ring che gira in tondo attorno all'avversario.

"Theodore." Il gemello chiude gli occhiali e se li mette in tasca. "Come va?"

"Bene. Non grazie a te."

"Ciao, Matthias e... be', salve." Gli affiora in volto un sorriso quando mi vede.

Teddy si piazza fra me e Darius per bloccargli la visuale. Adesso che sono faccia a faccia, riesco a scorgere altre differenze. Teddy ha più tatuaggi. Darius sembra pronto alla sala riunione, mentre Teddy pare appena uscito da un rally di moto.

"Che ci fai qui?"

"Sono venuto a vedere come procede."

"Cazzate. Richiama il pilota e levati dai coglioni."

"Theodore." Gli sbuffa in faccia la sua rabbia. Prendo nota di non chiamare mai Teddy 'Theodore'. O Darius è coraggiosissimo o veramente scemo, per insistere. "Il pilota ormai è a metà strada per Santa Fe. Pensavo di chiederti un passaggio. O i giri sull'elicottero di Teddy sono già tramontati?"

Teddy si ficca le mani in tasca. "Siamo in pausa."

"Peccato." Sorride. "Potrei mandarti un sacco di lavoro. Assumerti, addirittura. Se mi fai lo sconto famiglia."

"Non ti faccio niente."

"Peccato, visto che ero venuto a risolvere i problemi del paese. Mi farai partire prima che ti abbia spiegato cosa propongo? Cosa ne dirà Daisy?"

"Che sono cavolate. E che nessuno ci casca più."

"Ok." Indietreggia. "Ripartirò appena avrò visto la mamma."

"La mamma non vuole vederti."

"Ne sei sicuro, fratello? Perché non lo chiedi a lei?"

"Non possiamo chiederglielo, e lo sai. È colpa tua."

"Mia? Fosti tu ad andartene. Entrasti nell'esercito e addio. Noi dovemmo risolvere la cosa, e indovina un po': la risolsi io."

"Sei un venduto di merda," ringhia Teddy.

Mi porto la mano sulla bocca. Credevo di avere una famiglia disastrata, ma qui siamo su un altro livello. Teddy sta per scoppiare, e a giudicare dal rossore che gli affiora al collo, fra due secondi anche Darius perderà le staffe.

"Salverò io la montagna. Mentre tu ti ci nascondi con una femmina." Mi indica. Stavolta mi si piazza davanti Matthias, con una mano tesa col palmo verso di me, a segnalarmi di stare indietro.

"Lei lasciala fuori," fa Teddy. "Non guardarla. Non annusarla neanche."

Che sia corso a difendermi così mi fa battere forte il cuore.

Darius non ha finito. "Come si chiamava l'ultima?"

"Chiudi la bocca," dice piano Teddy.

"Ah, sì." Fa schioccare le dita. "Tiffany, no? Non hai ancora imparato cosa succede a mescolarsi alle um..."

Ma non scopro altro su questa Tiffany, perché Teddy fa scattare il gomito indietro e gli rifila un pugno dritto in faccia.

* * *

Teddy

Mi scontro col mio gemello da quando gattoniamo. Il mio pugno conosce il suo volto meglio di quello di chiunque altro, e il suo il mio. Ma dall'ultima volta ho imparato qualche trucchetto.

Quando entrai nell'esercito, imparai la disciplina. Quando il colonnello Johnson mi reclutò nella squadra speciale di soldati mutanti, imparai a pilotare elicotteri da guerra in territorio ostile, sorprendere il nemico ed eseguire missioni. Appresi combattimenti di ogni tipo, ma fu fra una missione e l'altra, quando l'unità si annoiava e gli animali dovevano sfogarsi, che imparai davvero ad azzuffarmi.

Invece Darius studiò Gestione d'impresa e si reinventò come magnate senz'anima. Quanti combattimenti con mutanti ha accumulato? Trascorre tutto il tempo con esseri umani che hanno frequentato master.

Sotto al bel completo, sarà della mia stazza. Gli abiti sono tagliati per farlo risultare più snello. Bel travestimento. L'ho sottovalutato nei primi cruciali minuti dello scontro, e ho imparato con le cattive che nei pugni ha ancora un sacco di potenza.

Ci giriamo intorno, io scalzo e lui con nuove scarpe scintillanti che si stanno rigando facilmente. Mi pulsa la guancia per l'ultimo, tremendo colpo.

"Ti alleni, eh?" faccio io. "Ma non ti basterà. Tieni troppo il culo sulla sedia."

Dietro ai pugni, Darius tiene il mento sollevato. È ridicolo, come un boxeur vittoriano sul punto di darsi a una scazzottata. "Come se tu ti tenessi in splendida forma. A quando risale l'ultima missione?"

Non rispondo.

"Matthias dice che ti stai trasformando in eremita." Continua a girarmi intorno. "Ti tagli completamente fuori dalla famiglia. Che senso ha vivere se non ci aiuti?"

"E tu che c'entri? Lasciasti la montagna." Scaglio qualche pugno di prova, ma poco convinto, e Darius lo sa. Non schiva neanche. Ecco lo svantaggio di combattere contro a un gemello. A volte conosce la mia mente meglio di me.

O forse il piano consiste nell'ammazzarmi di chiacchiere.

"Chi credi paghi le bollette?" rantola. "Chi pagò Medicina per Matthias? Chi aveva i soldi per installare i nuovi pannelli solari che voleva Everest? Chi credi si occupi delle tasse della mamma? Pensi che abbia studiato per divertimento?"

"Eh sì. Divertimento e profitto. Faresti qualsiasi cosa

per due soldi." Affondo e affondo ancora, però Darius mi sorprende accucciandosi e saltando dall'altra parte, beccandomi intanto con un pugno al rene.

Respiro a fatica quando ci rimettiamo l'uno davanti all'altro. "Spezzasti il cuore della mamma."

"L'avevi già fatto tu."

Non ha torto. Forse la scazzottata è solo un modo di punirmi. Quando ho la sensazione di aver bisogno di una batosta, Darius funziona sempre.

Ok, allora. Avanzo in cerca di altre penitenze, abbassandogli il pugno e placcandolo. Finiamo a terra – lui mi colpisce sulla testa e io cerco di rompergli le costole.

Un ringhio scuote la terra. Non so se esce dalla mia gola o dalla sua.

"Niente animali," grugnisco. "L'umana."

"Allora non gliel'hai ancora detto..."

"Sono informazioni da rivelarsi solo se necessario. Lo sai." Non aggiungo che forse l'ha scoperto da sola. Non c'è bisogno di dargli un'altra ragione per assillarmi.

Adesso siamo faccia a faccia a scalciare nella polvere. Lo scontro si è trasformato in un match di wrestling a terra.

Darius batte le ciglia coperte di polvere. "Ciò che non capisco è perché hai scelto un'altra umana. Non ti è bastata Tiffany?"

Persino da quaggiù, aggrappato a mio fratello, il profumo melato di Lana mi riempie le narici. "Non è mia."

"Ah." Allunga il collo. "È una meraviglia. Magari le farò fare un giro in elicottero dop..."

Con un grido, sforbicio con le gambe acquisendo slancio per rimettermi in piedi e mettergli le mani attorno alla gola. Stavolta lo ammazzo.

* * *

Lana

Una nuvola di polvere li copre. Ne sfuggono ringhi e grugniti, ma non riesco a capire che succede. Tutta la polvere che ci vola intorno trasforma i due avversari in scuri mostri informi che si contorcono a terra.

"Non puoi fermarli?" urlo a Matthias.

Fa spallucce. "È meglio lasciare che finiscano."

"Matthias!"

"Vuoi che le prenda anch'io?"

Risuona un ringhio, e spicca il volo qualche uccellino tornato sugli alberi dopo la partenza dell'elicottero.

"Meglio che rientri." Cerca di tirarmi indietro. Fingo di obbedire, poi lo aggiro di corsa.

"Teddy! Aiuto!"

"Lana?" Dalla polvere sorge una figura. Teddy abbassa i pugni, pienamente concentrato su di me.

Mi si mozza il fiato. Era in piena modalità di combattimento, e si è fermato. Per me.

Purtroppo Darius non ha ricevuto il messaggio di cessate il fuoco. Gliele suona ancora più volte, prima di rendersi conto che il gemello è impalato.

Teddy gli scocca un'occhiataccia, sputa sangue e lo spintona via per venire a grandi passi da me. "Tutto bene?" Ha le nocche gonfie per via delle botte, però mi prende il viso con dita delicate.

"Sto per svenire, credo," dico con una vocina. È vero. Lo scontro è stato assurdo. Rantolo per via della polvere e del polline che hanno sollevato.

"Lana ha bisogno di calma e riposo," dice Matthias. "E queste cose non aiutano."

Darius ha il bel vestito sporco. La camicia è spalancata, perché manca qualche bottone. Però non è neanche male per uno che le ha prese più volte in faccia. Ha delle fioche chiazze viola attorno agli occhi e sulla mascella, ma a parte gli ematomi è illeso.

A Teddy gocciola sangue da un taglio sopra l'occhio. "Fine dei giochi." Mi prende nelle braccia massicce e mi porta alla baita. Mi agito un secondo prima di accoccolarmi contro di lui. È bollente. Chino il capo per annusargli il collo. Mmm, sudore di maschio.

Deve avere l'aria dell'eroe in conquista che porta via la donzella. Quando prende il comando mi fa bagnare le mutandine.

"Bello scontro, fratello."

Teddy si blocca sulla scalinata d'ingresso. "Sì, vero. Non sei male, per avere un bastone in culo."

Darius solleva il mento. "Ho trovato degli avversari. Brick Blackthroat, un amico, ha un club sportivo privato per... combattenti come noi."

Teddy grugnisce e gli dà la schiena. "Vattene," dice girando la testa. "Non sei più il benvenuto." Chiude il portone con un calcio. Si schianta alle nostre spalle, e strillo.

"Scusa." Marcia al divano e mi posa. Tiene le spalle curve, i muscoli tesi come se stesse per fiondarsi fuori per mettere il fratello in una bara. E non posso permetterlo.

Grugnisce quando gli poso una mano sul petto. La maglietta bianca è macchiata, e non solo di terra. C'è uno sbaffo rosso marroncino che sono piuttosto sicura essere sangue.

"Sei ferito." Salgo sulle ginocchia e, senza fermarmi a pensare, gliela levo. Raggelo davanti al petto più meravigliosamente muscoloso che abbia mai visto. È striato di polvere e terra, però bellissimo.

"Lana," fa lui, e mi rendo conto che mi chiama da un po'.

Potrei stare un'eternità qui a guardare le pianure e i

solchi perfetti dei suoi addominali, ma sul pettorale destro ha un brutto livido, e un altro lungo il fianco. "Ti ha preso bene. Posso chiamare Matthias..."

"No," tuona. "Dammi un attimo, piccolina." Crolla contro al tavolino e si passa una mano sul viso.

"Sei stressato. Vieni qui. Ti faccio un massaggio alle spalle." Gli affondo i pollici nel rigido gonfiore dei muscoli dietro al collo, farfugliando, "Cavoli, questi muscoli sono rocce."

Ha ancora il volto nascosto nella mano. "Brutta idea."

Merda, non vuole flirtare. "Scusa." Ritiro di scatto le mani. "Se non sei interessato..."

"Se non sono interessato?" ringhia, poi mi piazza la mia mano sul cavallo dei suoi jeans. L'uccello mi spinge contro al palmo. "Lo sono eccome, piccolina," mi sussurra all'orecchio. "Sto per strapparti quel vestitino rosa per assaggiarti la dolce fighetta."

Mi sfugge un verso che è mezzo strillo e mezzo lamento.

Si sporge su di me. Lascia crollare la testa sulla curva del mio collo. Mi cede la schiena e mi si surriscaldano le viscere. L'aria profumata di pino della baita è troppo densa, non riesco a respirare.

"Teddy..."

"Ssh." Mi strofina il naso sulla mascella, massaggiandomi la guancia morbida con la barbetta bionda. Vado in estasi al profumo che ha quando borbotta, "Fanculo." Si volta e cattura la mia bocca con la sua.

Sa di menta e miele. Mi inarco contro di lui quando mi piazza la mano sulla nuca per tenermi ferma per il saccheggio. Ho i seni gonfi e i capezzoli turgidi, che rischiano di lacerare il balconette rinforzato sotto la canottiera. È troppo. Non basta. Ancora.

Mi tira giù la canotta per succhiare un capezzolo

voglioso e poi l'altro. Struscio il clitoride sul suo gigantesco uccello. Risalgo nello stesso momento in cui mi si avvicina. Così sbattiamo la testa l'una contro l'altra, e gemo.

Cavolo!

"Cazzo, Lana. Ti fa ancora male." Si scosta e riabbassa la maglia.

"No, sto bene. Tu invece? Ti ha preso diverse volte." Il taglio non sanguina più, ma c'è ancora il livido. Coprirlo con una maglietta non me lo farà dimenticare. "Devi farti visitare da Matthias?"

"No. Basta un minuto. Vado a lavarmi." Salta su e sparisce nel bagno.

Mi mordo il labbro. Scommetto che i montanari cazzuti si bendano da soli dopo due pugni.

Il portone si apre ed entra rapido Matthias. La borsa da medico è un po' impolverata dalla scazzottata, però sorride. "Teddy come sta?"

"Bene, dice."

Gli scappa una risatina al mio tono perplesso. "Finché è in piedi e respira senza rantolare, è a posto."

Accidenti. Ma quanto se le danno questi due?

"Va tutto bene, Lana." Mi legge benissimo nel pensiero. "Quasi non passa giorno senza che un fratello le dia a un altro senza nessuna ragione."

"Ho capito. Per fortuna fai il medico."

"Già, per fortuna. Adesso esco per seguire Darius e verificare che abbandoni la montagna. Tu devi stare tranquilla." Raccoglie la confezione di mirtilli surgelati, la pulisce dalla condensa e me la porge.

"Sì, doc." Me la porto alla testa con una smorfia al freddo. Sento Teddy muoversi per la camera dietro alla porta chiusa, quindi aggiungo in sussurro, "Mi sembra di aver capito che Darius non viene spesso..."

"Non da Teddy. Resto io in contatto con lui. Mi pagò davvero gli studi."

Quante domande vorrei porre... "Se la caverà? Ha detto di aver mandato via il pilota."

"Qui vicino c'è un'elisuperficie. Gli daranno un passaggio. O lo farà uno degli altri fratelli. Axel è sceso dal monte. L'hai già conosciuto?"

Scuoto il capo. "Ho visto solo te e Darius. Uno che si chiama Axel me lo ricorderei."

"Sono sicuro che a breve conoscerai tutto il gruppo. Teddy è il maggiore. Lo ammirano tutti."

Cerco di elaborare tutte le cose di cui si sono accusati Teddy e Darius, ma sono troppe. Mi stringo le ginocchia al petto. "Forse è meglio che non resti. Posso andarmene, sai. Vi sto solo fra i piedi."

"No," abbaia Teddy dalla camera.

"Non ci stai fra i piedi," dice dolce Matthias.

"Ok." Posso rimanere almeno una notte. Lascio ricadere la testa sui cuscini del divano. "Dopo tanta agitazione, però, devo stendermi."

"Riposa," ordina Matthias, e fa un cenno del capo a Teddy, prima di andarsene e chiudere piano la porta della baita.

Teddy viene svelto da me. Si è lavato e messo una nuova maglietta a mezze maniche bianca – identica a quella di prima. Il taglio sul volto sta guarendo in fretta. Quando è andato in camera la pelle era aperta, ma adesso no. Tiene la testa china, apparentemente in esame dei piedi scalzi. Si è picchiato a piedi nudi contro al fratello. Che matto.

"Mi dispiace che tu abbia assistito," borbotta.

"Oh no, è stato interessante. Ho imparato molto."
Solleva un sopracciglio.

"No, dico sul serio: è stato un corso di perfezionamento

su come farti incazzare." Sollevo un dito. "Primo, chiamarti col nome completo." Non ride, quindi tento un nuovo approccio. "Ovvio. Così si fa in famiglia, no? I fratelli conoscono i codici nucleari della reciproca irascibilità. Sanno su cosa far leva."

"Però è stato sgradevole, e non volevo che assistessi."

"Non fa niente. Grazie di avermi difesa." O almeno credo mi abbia difesa. Vorrei scoprire altro su Tiffany e Darius, ma è chiaro che sono argomenti delicati. "Ti meni così con tutti i tuoi fratelli?"

"Di continuo."

Sgrano gli occhi. "Persino con Matthias?"

"Matthias mena quanto noialtri. Solo che è più furbo. Con lui il combattimento finisce quasi subito."

"Gemelli e trigemini. Oddio. Povera vostra madre."

"Fidati: sapeva tenerci sotto."

"Sapeva?" Trasalisco. Ne ha sempre parlato al passato e non me ne sono mai accorta? È morta?

"Non è morta. Si sta solo… prendendo un po' di tempo per sé."

"Vive qui vicino?"

"Viviamo tutti sulla montagna."

"Tu e tutti i tuoi fratelli? Anzi… quasi tutti," mi correggo quando ricordo Darius. "Avete tutti delle baite carine come questa? Anche i trigemini sono uguali? Quando posso conoscerli?"

"Sì, no e mai." Si raddrizza tutto accigliato.

Capitolo sei

Lana

"Sicura di stare meglio?" domanda servendomi i pancake sul divano.

"Sì. Molto meglio. Oggi dovrò evitare i saltelli a gambe divaricate, ma non li faccio nemmeno in assenza di botte in testa. Una volta ho rotto un reggiseno sportivo dopo soli tre salti."

Teddy batte gli occhi e mi guarda con un pazzesco tentativo di non lanciarmi un'occhiata alle tette. "Ti è tornato in mente altro di ieri?"

"No, non credo. Ma con un po' di riposo scommetto che tornerà subito tutto. Mi servono solo pace e tranquillità."

"Ok, piccolina. Quelle posso dartele."

Uno scoppio spalanca la porta. Strillo e mi copro le orecchie con le mani, dimenticando di avere in mano la forchetta. Spicca il volo. Teddy salta su dal divano così velocemente che quasi mi si rovescia addosso. Va a passi pesanti alla porta urlando qualcosa che, visto il baccano, non sento. Qualsiasi cosa faccia tanto chiasso, sembrano un milione di donnole spiaccicate dall'organo di una chiesa. C'è tanto casino orribile che mi si inumidiscono gli occhi.

Come esce dalla baita, il rumore svanisce, lasciando il posto a un meraviglioso silenzio. Mi asciugo le lacrime ed esco per vedere che succede.

Teddy si staglia sulla scalinata di fronte a tre giovani dai capelli ispidi. Il primo e il terzo portano kilt di plaid coordinati. Il primo è senza maglia, ed esibisce un ossuto petto bianco. Quello in mezzo è vestito dalla testa ai piedi di nero, e dietro alla chioma di capelli in volto ha occhi segnati dall'eyeliner.

Hanno tutti delle sacche di plaid rosso borchiate di canne nere decorate. Cornamuse. Ecco spiegato il rumore.

Quello a petto nudo si scosta i capelli dal viso, inclina il capo e soffia una nota assordante allo strumento. La testa mi viene trafitta da aghi.

"No," urla Teddy, e i tre mollano gli strumenti.

"Dai, fratellone. Se non ci alleniamo come facciamo a fare soldi?"

Teddy incrocia le braccia robuste sul petto. "Credete che faranno la fila per pagare dei suonatori di cornamusa?"

"No," sbuffa l'altro. "L'idea è di metterci a suonare perché ci paghino per piantarla."

Il giovane tutto coperto di nero inclina la testa, facendosi ricadere altri capelli in faccia. "Allora perché allenarci? Non funziona meglio se facciamo schifo?"

"Basta," abbaia Teddy. "Oggi non si suona. Non metteremo su una banda di cornamuse."

"Ok," dice quello senza maglia. "Ho un sacco di altre idee."

"Ehi," interviene il terzo tutto raggiante. "Sento profumino di pancake?"

"No," fa Teddy, ma io sbuco dalla porta per mettermi

accanto a lui.

"Sì," lo correggo. "Ne abbiamo in quantità. Non riuscirò mai a mangiare due chili di pancetta."

"Pancetta?" dice speranzoso quello a petto nudo.

Gli altri due mi fissano. Hanno ancora in faccia i capelli, lunghi fino alle spalle, però si vede che sono identici.

"Perdindirindina!" esclamo. "Ma siete i trigemini."

"I Terribili tre," mormora sottovoce Teddy. Gli do una gomitata sul fianco.

"Tu chi sei?" domanda quello vestito di nero.

"Lana." Guardo Teddy tutta contenta, finché non sospira e ci presenta.

"Hutch, Bern e Canyon." Li indica a turno. "Entrate a mangiare. Ma non rompete all'ospite. E niente cornamuse." Guarda male Hutch, il cui strumento ha appena esalato uno strilletto soffocato.

"Ok." Il dark, Bern, lo molla a terra. Gli altri due lo imitano. Si infilano dentro dietro a Teddy. Quello a petto nudo, Canyon, mi fa l'occhiolino.

Dentro, ricadono nella loro normale routine. Bern e Canyon si scostano i capelli dagli occhi abbastanza da staccare una lunga asse di pino dalla parete da usare come tavolo. Spariscono fuori per tornare con cinque tronconi lucidati come sedie. Teddy presidia i fornelli: fa scivolare vassoi di pancetta nel forno e prepara cataste di pancake piccoli quanto dollari della sabbia, mentre Hutch apparecchia e trasporta la colazione avanti e indietro.

Io osservo l'attività dal divano finché Canyon non mi invita a raggiungerli. Mi sistema il piatto a un capo dell'asse, e sostituisce la forchetta caduta con una nuova con l'eleganza di un cameriere. La baita sembra molto più piccina adesso che ci sono anche loro tre, malgrado siano allampanati adolescenti dalle sincronizzate movenze della danza della colazione. Ma a giudicare dalla quantità di pancake che si ficcano in bocca, si gonfieranno presto di muscoli.

"Allora, Lana," fa Canyon, il seducente trigemino a petto nudo, spostando il tronco verso di me. "Come hai conosciuto Teddy?"

Gli rivolgo un sorriso gentile, cercando di emanare vibrazioni materne o da sorella maggiore, in modo che non pensi che stia flirtando. "Ci siamo appena conosciuti. Stavo facendo un'escursione, sono caduta, ho battuto la testa e lui mi ha salvata."

"Ha passato la notte qui." Teddy si sporge su di me per mettermi una nuova pila di pancake sul piatto.

"E adesso dice che sono sua prigioniera." Gli do una gomitata al fianco quando passa. Lui mi tira la treccia, poi si raddrizza per scoccare un'occhiatina severa al fratellino che ci prova.

Che si schiarisce la gola. "Quindi vi siete conosciuti solo ieri?"

Faccio spallucce. "Ho pensato che un serial killer non potrebbe mai chiamarsi Teddy."

Bern solleva il capo. "E Ted Bundy?"

Mi agito un attimo prima di correggermi. "Non potrebbe mai chiamarsi Teddy e arredare la camera con dei begli orsetti."

I gemelli annuiscono, come fosse logico. Teddy leva gli occhi al cielo. "Mangia," mi ordina.

"Signorsì, signore."

Canyon si volge verso i trigemini. "Quindi niente cornamuse. Nuovo piano. Entriamo nell'esercito."

Teddy chiude di colpo il forno. "Neanche per idea."

"Tu ci entrasti alla nostra età."

Ha catturato la mia attenzione. Carpisco cose di Teddy come sbocconcello pancake. "Quanti anni avete?"

"Diciotto," dice orgoglioso Hutch.

Cavoli. Sembrano giovanissimi. Mi volto verso Teddy. "Entrasti nell'esercito a diciotto anni?"

"Sì. Ero un ragazzino. Spezzai il cuore di nostra madre."

Deglutisco al ricordo dello scontro fra Darius e Teddy. "*Spezzasti il cuore della mamma,*" l'aveva accusato Darius, che aveva ribattuto, "*L'avevi già fatto tu.*"

"Voleva che studiassi, ma non andò bene."

"Teddy era nelle forze speciali," mi dice Canyon. "Hutch pensa che possiamo farci reclutare dal suo comandante. Per battere tutti i suoi record."

Teddy sbatte un piatto pieno di pancetta al centro del tavolo e punta un dito contro ai Terribili tre a turno. "Niente esercito."

"Ma il bonus iniziale..."

"No. Troveremo un altro sistema."

Devo essere perplessa, perché Canyon si sporge verso di me. "Ci servono soldi."

"Soldi?" M'illumino. "Oh, io adoro i soldi. Posso aiutarvi. Gestisco un'azienda mia."

"Aspetta..." Hutch fa schioccare le dita. "Ti conosco... sei Lana. Sei famosa."

Teddy aggrotta le sopracciglia. "Cosa?"

"Cosa?" gli fanno eco gli altri due.

"Ti ho vista su Instagram. Fai da modella per GoddessWear."

"Già," faccio io. "All'inizio non potevo permettermi delle professioniste, quindi lo facevo io. Lo faccio ancora, per promozioni occasionali."

"Aspetta un attimo... l'azienda è tua?" domanda Hutch.

Faccio spallucce. "Sì. Invece di iscrivermi all'università, aprii l'azienda. Alle superiori mi cucivo tutti i vestiti."

"Vestitini per curve," fa Hutch, ripetendo lo slogan

aziendale, e m'illumino.

"Esatto! È lo slogan per la linea per escursioni." Mi alzo per indicarmi i pantaloni leggeri.

"Molto carini." Hutch sposta il tronco per guardare meglio. "Ottime cuciture. Sono tagliati in sbieco?"

"Sì! Cuci?"

"Ce lo insegnò la mamma," dice Bern, il dark, attraverso una coltre di capelli. "Il più bravo è Hutch."

Hutch indica la camera di Teddy. "Le tende le ho fatte io."

"Perdindirindina!" strillo. "Ma le adoro! Stavo pensando di fare qualcosa con gli orsetti, per la linea invernale."

"Perdindirindina!" mi fa eco Hutch con entusiasmo simile.

"Qui ci sono orsi dappertutto," dico. "Ne ho già visti tre. Che bello."

"Già, ne abbiamo parecchi." Hutch fa una risatina nervosa.

"Li vedete anche voi? Uno è entrato qui dentro e ha aperto il frigo."

"Ehm, no, questo non mi è mai capitato." Comincia a far saettare lo sguardo di qua e di là come un matto. Gli altri due fissano il piatto.

"Pensavo di tenere qui un servizio fotografico. Con montanari sexy per modelli. Chissà, magari riusciamo a immortalare pure un paio di orsi!"

Un gelido silenzio piomba sulla stanza. Il pomo d'Adamo di Hutch salta su e giù. "Non sono sicuro che sia una buona idea..."

"Perché?"

Teddy si alza dal tavolo. "Lana, devi scusarci. Devo parlare coi miei fratelli. Fuori."

***

Teddy

Vado impettito al margine del campo, verso la riga di alberi che separa la baita dagli alveari, coi fratelli che mi assillano di domande.

"Che succede?" fa Hutch.

"Uscite insieme? E dice sul serio sul servizio fotografico?" Canyon flette il torso magrolino. "Io potrei farle da modello."

"Sa di noi?" Stavolta è Bern a chiedere, piano piano.

Ruoto e ammutoliscono. "Niente modelli. E se lo sappia... non lo so. Forse mi ha visto tramutarmi, ma per la botta in testa ha perso dei ricordi. Sto cercando di scoprire cosa sa."

"Potresti sedurla," fa Canyon agitando le sopracciglia. "Indurla a dirtelo."

"Non usciamo insieme." *Compagna,* mi ricorda l'orso. Digrigno i denti. "Davvero è famosa?"

"Be', sì." Hutch recupera il telefono. Clicca come un ossesso e mi porge lo schermo. Nella foto Lana sorride languida all'obiettivo con una morbida acconciatura afro. Un bikini giallo le accarezza le curve, e le guance brunite hanno un sottile luccichio a imitazione del rossore post-orgasmico.

Mia, ringhia l'orso.

"Cavoli, Teddy, non stringerlo così forte." Cerca di riprendersi il telefono, ma io lo tengo stretto. "Così lo rompi!"

Fatico a respirare. "Puoi cancellarla?"

"No, è su Instagram. Ce ne sono tantissime, vedi?" Mi fa passare sotto al naso il feed, e temo di arrivare a una temperatura corporea di quaranta gradi. C'è Lana in jeans e seducente mini-top bianco a mezza spalla appollaiata su una Corvette. Lana come pin-up, con riccioli vivaci e rossetto rosso coordinato all'abito aderente. Che meraviglia. L'uccello mi pulsa nei jeans. Probabilmente sono uno dei milioni di uomini che si fanno le seghe pensando a questo schianto di donna.

Hutch si guarda bene dall'incrociare il mio sguardo.

"Se hai scaricato delle foto, cancellale. Subito." Gli ridò il telefono.

"Allora *te la fai*," dice Canyon. "O lo vorresti..."

"No. È... complicato."

Bern china il capo, lasciandosi ricadere i capelli in faccia. "Quindi è un'altra Tiffany."

"No," ringhio. "Non andrà così."

"Hai intenzione di dirglielo?" domanda Hutch. "Di dirle chi siamo?"

"Forse lo sa già. Ha visto Everest con le api. E ieri Axel saccheggiarmi il frigo."

"Ah sì," fa Canyon. "Axel ce l'aveva detto. Voleva solo della salsiccia di cervo..."

"Ha un frigo suo," faccio io. "Non so perché metta la sua roba nel mio."

"Per la stessa ragione per cui portiamo i polli da te," dice Hutch. "E per cui Everest tiene gli alveari qui. Ti teniamo d'occhio per la mamma. È preoccupata."

Scaglio le mani in aria. "La mamma dorme!"

"Be', si preoccuperebbe se non fosse in letargo. Matthias ha detto che facciamo bene a stare attenti a te."

"Matthias non sa tutto," sbotto. "Nuova regola. Mai venire qui se non in forma umana. Ditelo a Everest e Axel."

"Ma Everest deve controllare le api," fa Hutch. "Lo sai che gli piace farlo da orso. Dice che lo pungono meno."

"Ditegli di indossare la tuta da apicoltore."

"Ma la odia..."

Mi pizzico il naso dal fastidio. "Ok. Mi arrangio."

Canyon mi si piazza davanti. "Cos'hai intenzione di fare con Lana?"

Legarla al letto e reclamarla, suggerisce l'orso. "Ancora non lo so."

"Non le cancellerai la memoria, vero?" ringhia Canyon.

No! L'orso urla tanto forte che mi stupisce che non lo sentano. "Se sa cosa siamo, dovrò farlo."

"Ma non è giusto!" Hutch scivola accanto a Canyon. Adesso mi impedisce il ritorno alla baita un muro di tre fratelli smilzi. "Non lo dirà a nessuno, dai."

"Non puoi saperlo."

"Non lo dirà. Puoi fidarti. Non è Tiffany," dice Bern, e mi giro su di lui pronto a prenderlo a pugni.

Tre volti identici mi guardano in cagnesco dal basso.

Placo il mio caratterino. Sono i miei fratelli, e hanno buone intenzioni. "Sentite, devo cancellarle la memoria. Potrebbe avermi visto. Ha battuto la testa e non ricorda."

I Terribili tre perdono ogni vigore. "Quando?" domanda Canyon.

"Presto. Sto aspettando che guarisca, per non incasinarla più del necessario." Che scemenza. Cancellare la memoria agli umani ha un sacco di conseguenze. Posso solo sperare di non alterarla troppo.

Bern scuote il capo. Hutch mi guarda come se gli avessi mangiato il criceto.

"Sbagli," fa Canyon stringendo le mani a pugno. "Non è che puoi..."

"Non ci sono altri modi." Devo chiuderla qui. Subito. "Non possiamo fidarci degli esseri umani. Lo sapete. E poi la famiglia viene per prima." Supero la cortina di fratelli, diretto alla baita. "Vi saluto io Lana."

Capitolo sette

Teddy

Quando torno dentro, scorre l'acqua della doccia. Mi trascino per la cucina per pulire.

Ora o mai più. Dovrei chiamare Matthias per chiedergli un'auto che porti Lana dalla sanguisuga più vicina. Se protesta o si oppone, dovremo sedarla. Come Tiffany.

Il pensiero di minacciarla mi fa rivoltare lo stomaco. Ma non posso farla scendere dalla montagna senza essere sicuro che non sappia di noi, né posso tenerla qui per sempre.

Poi c'è il fratellastro. Quando Rafe l'avrà trovato, dovrò capire se è ancora pericoloso.

Nel caso, non lo resterà a lungo. Lo distruggerò.

"Teddy?" mi chiama dal bagno, e mi fiondo al suo fianco attraversando la stanza a velocità da mutante.

All'ultimo secondo, mi blocco in camera. Maledizione, non di nuovo, dai... non posso mica continuare con questi scivoloni. Sembra quasi che l'orso voglia che sappia di me.

La porta del bagno è socchiusa, ma busso lo stesso. "Che c'è? Tutto bene? Ti sei fatta male?"

"No, sto bene. Entra." Mi accoglie con un sorriso che è

un pugno allo stomaco. Quant'è bella. Solare. La conosco da meno di un giorno e non riesco a immaginare la mia vita senza di lei. "Guarda." Si indica la fronte. Si è tolta la benda, e la pelle sottostante è liscia e immacolata.

Il siero di Matthias ha funzionato troppo bene. Dovrò cancellarle la memoria.

"La ferita è guarita del tutto! Non è strano, benché meraviglioso?"

"Sì," borbotto accasciandomi contro allo stipite.

"Non è rimasta neanche la cicatrice." Si sporge verso lo specchio per esaminarsi bene. "E la testa sta molto meglio. Anzi, era tanto che non mi sentivo così. Dev'essere l'aria di montagna."

"Sarà, sì."

Si volta a guardarmi attraverso le ciglia, e mi rendo conto di due cose. Primo, ha addosso solo l'asciugamano. Secondo, il fatto che si morda il labbro mi fa venir voglia di darle un bel morso.

"Teddy? Mi hai sentita?"

"Eh?"

"Ho detto che devo far riparare il telefono. Sentire l'azienda, guardare Instagram. Solo quando la tata mi vietò il telefono per un votaccio in francese smisi di usare i social per tanto tempo."

No. Non posso farle riparare il telefono. Non posso lasciarla andare. "Non mi avevi detto che hai un'azienda," tergiverso.

"Non è saltato fuori l'argomento. È bello evitare tutto e tutti." Si scosta le trecce dalle spalle, denudandole. L'asciugamano sta scivolando, scoprendo le dolci curve dei seni.

Dal bisogno di starle vicino, avanzo. "Allora è vero. Sei famosa."

Fa spallucce, e l'asciugamano perde qualche altro centimetro. "Un pochino."

Cazzo. Una ragione in più per cancellarle la memoria. Con un'unica telefonata potrebbe ritrovarsi davanti alle telecamere a dire al mondo dei mutanti.

Lei non è Tiffany.

"Teddy? Tutto ok?"

Ho la voce roca. "Sì, piccolina." Una treccia è storta, quindi la risistemo. Il suo profumo melato riempie la stanza.

"È stato uno spasso conoscere i tre gemelli," dice. "Però sembrano giovanissimi."

"Già. Hanno avuto una vita abbastanza protetta. Studiarono a casa. Ecco perché sono così immaturi."

"Io li trovo dolci." Quasi inconsapevolmente, si sporge verso di me. "Sei stato fantastico. A salvarmi e prenderti cura di me. Te ne sono molto grata. Ma non mi serve altro riposo. È stato bello farti da prigioniera, però non ho ragioni per rimanere." Si morde un soffice labbro. "A meno che... non me ne dia una tu."

Gioco con una treccia.

Chiude la mano sulla mia. "Quindi è finita? Me ne vado?"

"No." Stringo la treccia e le piego delicatamente la testa all'indietro.

"Teddy?" Socchiude le labbra, e non mi tengo più. Inclino il capo per baciarla.

* * *

Lana

Si sporge su di me, tenendomi dritta con la mano nei capelli. La sua bocca si piega sulla mia, catturando, saccheggiando.

"Non te ne vai," ringhia, suono che mi riverbera dentro facendomi rabbrividire. Lascio cadere l'asciugamano.

Mi solleva per distendermi sul letto, poi mi copre col suo corpo. "Stanotte morivo dalla voglia di farlo..."

Evviva!

Arretra fra le mie gambe e mi mette la mano sulla figa, strusciandoci il palmo.

"Soffri qui, piccolina? Vuoi che la faccia star meglio?"

"Sì, ti prego." Già faccio oscillare i fianchi. Mi sfiora l'ingresso con un dito e salto sul letto.

"Piano," mormora.

"E tu?" Gli piazzo la mano sui genitali. Nascosto nei jeans c'è un mostro pulsante che non vedo l'ora di conoscere. "Mi sa che è duro e dolorante. Posso farlo star meglio con due bacetti..."

"Dopo." Mi saggia l'ingresso col dito. "Sarò delicato, tesoro. Stavolta."

"Non vi sei costretto."

"Non tentarmi." Mi strofina il naso sulla pancia, dove trova qualche smagliatura da baciare. Mi si mozza il fiato in gola.

Continua a leccare e baciare fin giù, stuzzicandomi le carni morbide con la barba. Io mi contorco dal solletico, e le sue manone mi risalgono lungo la parte posteriore delle gambe, agganciandosi poi dietro alle ginocchia per tenermi aperta.

"Sì, piccolina," ansima, assaporando la visione della mia figa divaricata. "Ecco cosa voglio."

Il primo dolce bacio sul monte di Venere mi fa percorrere da brividi di piacere. Mi tendo verso il basso per prendergli la testa. Teddy mi cattura i polsi per bloccarmeli a lato.

"Fa' la brava," ordina, "o ti lego al letto."

"Perdindirindina," rantolo.

Cerco di fare la brava, ma qualche bacio dopo mi divincolo troppo per i suoi gusti. Si alza per girarmi e mi rifila tre schiaffoni sul culo. Gemo e inarco la schiena. Sarò anche pessima nel fare la brava, ma sono brava a fare la cattiva.

"Ecco, piccolina." Con la barba mi stuzzica il sedere quando bacia ogni natica. Mi contorco ancora un po', di proposito, e così mi guadagno un altro giro di sculacciate sexy.

Su questa montagna i cattivi non sono solo gli orsi.

"E addio delicatezza. Non sai fare di meglio?" Schiaccio la fronte sul letto e sollevo il sedere. Il suo palmo scotta, ma il dolore si trasforma in altro, in qualcosa di meraviglioso. Percepisco lo shock proprio nella figa. "Sì, così. Più forte."

"Ma come fai a essere così perfetta per me?" borbotta, e mi sciolgo in una pozza di felicità. "Vieni qui."

Mi tira su per mettermi sulle ginocchia, rivolta alla testiera. Si stende per guidarmi sopra di sé. Mi aggrappo alla testiera e mi sollevo quando mi prende il culo con le mani per portarsi la figa in faccia.

"Devo assolutamente assaggiarti," ringhia. "Dammela."

"Non saprei, sai..." Cerca di ritirarmi giù, ma resisto. "Rischio di soffocarti."

"Morirò felice."

Mi abbasso e gli poso la figa in faccia. Lui ci strofina il volto. "Tieniti alla testiera."

Eseguo, come ne andasse della mia vita. La lingua mi scava e vortica nelle pieghe. Affondo le unghie nel pino e curvo i fianchi per sculettargli addosso. La lingua mi trova il clitoride e rabbrividisco; mi sollevo per un attimo. Non che possa andare tanto in là, perché mi agguanta il culo per tenermi giù.

"Così, piccolina," dice con voce soffocata. "Strusciati. Prenditi ciò di cui hai bisogno."

Cedo alla gravità e agli inesorabili strattoni di Teddy, e mi lascio di nuovo sprofondare di peso. Con la barba mi stuzzica la tenera pelle dell'interno coscia. La sua lingua è ovunque, un vortice attorno al clitoride, un risucchio dei miei succhi, come fossero ambrosia. Come non ne avesse abbastanza.

La combinazione delle forti labbra e della lingua insistente col dolce solletico della barba mi fanno soverchiare dal piacere. "Oddio," ansimo, e rovino obliqua sul letto. Lui rotola con me, la faccia ancora fra le mie gambe. Mi mordicchia le labbra, bacia il clitoride e si siede leccandosi la bocca. Mi mette una grossa mano fra le gambe, premendomi dentro un lungo ditone per farmi venire. Ci vuole un'eternità perché le scosse di assestamento dell'orgasmo si affievoliscano.

"E questo è solo l'inizio," mi promette pulendosi i succhi dalla barba.

"Tocca a me," annuncio.

Gli scappa un gemito sofferente. Ha gli occhi scurissimi. Sembra quasi che abbiano cambiato colore – dal grigio a un caldo marrone mielato. "Fammi entrare in te." Ha la voce rauca e densa. Si leva la maglia dalla testa e sbottona i jeans. "Ti va?"

Ehm, sì, ti prego. Mi schiarisco la gola e dico ciò che voglio dire. "Prendo un anticoncezionale e non ho malattie."

"Neanch'io," fa lui. "Possiamo usare il preservativo se vuoi, ma non ho malattie veneree."

"Mi fido."

Parole che sembrano avere un certo effetto su di lui. Negli occhi gli passa un lampo ancora più scuro, e dalla gola gli esce uno strano ringhio.

"Fai lo stesso verso di quegli orsi brutti e cattivi." Lo aiuto a tirarsi giù i pantaloni.

Arretra, sul letto, per sgusciarne fuori. "Be', questo orso brutto e cattivo adesso ha bisogno di te. Disperatamente."

"Anch'io ho bisogno di te." È vero. Avere la sua bocca addosso è stato fantastico, ma bramo quel che di tipico del compimento della penetrazione. La voglia biologica di darsi all'atto che dà la vita. Certo, non sarà questo il caso.

Solo che l'idea di portare in grembo il figlio di Teddy improvvisamente mi s'insedia nella mente con un'enorme attrattiva. È uno che dà. Durante la gravidanza sarebbe una roccia. Mi ci gioco tutto. D'un tratto divento furiosamente gelosa della potenziale madre di suo figlio.

Mi monta sopra, fermandosi a baciarmi e leccarmi fra le gambe, per poi risalire e trascinarmi la bocca aperta sulla pancia, e poi prende un turgido capezzolo scuro fra le labbra.

M'inarco e urlo quando lo succhia, e lo strattone di risposta mi colpisce dritta al centro del corpo.

"Ti voglio," ripeto prendendogli l'uccello. Ne agguanto la base, facendolo ringhiare ancora mentre questo mi si agita e allunga nella mano. Che belli i ringhi. Perfetti per un montanaro.

Ce l'ha grosso e duro, più lungo di quelli che abbia mai visto – persino nei porno. "Devo proprio dartelo," risponde salendomi sopra e lasciando che lo guidi dentro.

"Sì, ti prego."

"Oh, piccolina. Ero tentato di usarti delicatezza. Ma mi fai uscire di testa." Mi trafigge con un'unica e potente spinta, e trasalisco dalla profondità che raggiunge.

"Oddio!"

S'immobilizza, le dita che mi scostano le trecce dal viso. "Tutto bene, piccolina? Troppo?"

Scuoto il capo, il corpo che già si sta abituando alle dimensioni. "No, è perfetto. Dammelo."

"Cazzo," borbotta. Fa scattare i fianchi e mi sbatte bene.

Io non sono né piccina né leggera, ma dalla forza che ci mette scivolo su per il materasso, verso la testiera. Mi prende nel punto d'incontro fra collo e spalla e mi tiene ferma malgrado le spinte.

È brutale.

Appassionato.

Duro, anzi durissimo.

E non ne ho mai abbastanza. Ogni botta sembra affermare qualcosa di me che non sapevo neanche di ignorare.

La sensazione di essere desiderata.

Solo adesso mi rendo conto di essermi sentita molto poco desiderata, al mondo. Dai miei, da Bentley. Non quadravo mai. Né nella famiglia, né nella comunità. Da piccola nessuno sapeva che farsene di me – una ricca afroamericana di Los Angeles, figliastra di un regista.

Teddy però lo sa.

Teddy sa esattamente cosa farsene di me. Con me. Per me.

Mi monta come se ne andasse della nostra vita. Come se il gesto fosse per lui l'anima stessa della vita, come per me.

Oscillo i fianchi verso di lui per prenderlo più in profondità. Serro i muscoli interni sull'uccello per fargli sentire di più, e gli sfugge un ringhio ultraterreno. Un suono stranissimo che sembra scuotere la baita.

"Sì!" grido, neanche fosse familiare come il mio nome, anche se note del genere non le avevo mai sentite.

Ringhia di nuovo.

Mi sollevo per pizzicargli il bel capezzolone e impazzisce: scaglia ovunque la testa, mi monta con tale forza che levo gli occhi al cielo.

Come viene mi lascio andare anch'io, venendo con lui, i muscoli che si serrano strizzandogli il pisello. Giuro che lo sento venirmi dentro, scottarmi, battezzarmi d'amore.

Lascia ricadere il capo sul mio collo, e sento il graffio di qualcosa di tagliente, e poi si gira brusco per coprirsi la bocca con la mano.

Sono troppo fuori di me per comprendere l'accaduto. Forse si vergogna dell'espressione che ha dopo l'orgasmo.

Pensiero che mi fa ridere, e gli avvolgo le gambe dietro alla schiena per tirarmelo giù fra le risatine.

"Lana," ansima. "Oh, fato mio... sarai la mia morte."

Teddy

L'ho quasi marchiata.

Santo cielo... l'orso è completamente fuori controllo. Non me ne sono neanche accorto. Scaccio le implicazioni che l'orso marchi una femmina umana.

Adesso non riesco a pensarci.

Quando abbiamo ripreso fiato e ha smesso di ridere, esco.

"Dammi un attimo." Vado a prenderle un bicchiere d'acqua e mi blocco nel soggiorno. Il portone è socchiuso. Niente orsi in cucina e sul bancone e in soggiorno non è stato spostato niente, ma sotto un sasso sul tavolo della colazione c'è un foglio. L'angolo sventola alla brezza che entra dal portone.

"Ehi, fratellone, grazie della colazione. Abbiamo preso in prestito l'elicottero per un giretto, ma stasera torniamo. Baci, TT."

I Terribili tre. Così firmano le loro opere. Quei mocciosetti devono essersi intrufolati mentre ero con Lana.

Dal portachiavi nascosto nella credenza sono sparite le chiavi dell'elicottero.

"Maledizione," ringhio. Me le avranno fregate mentre ero con Lana o prima, mentre mi aiutavano a preparare la colazione.

Li ho già portati in elicottero. Si sono buttati col paracadute, e gli ho anche dato le prime lezioni di volo. Bern dimostra più attitudine, ma non ha l'autorizzazione a pilotare da solo. Neanche per idea.

Se me lo distruggono, sarà meglio che muoiano nello schianto. Glielo farò desiderare.

"Tutto bene?" È ancora a letto, con gli occhi assonnati. M'infilo gli scarponi e vado a grandi passi al suo fianco, dove mi curvo per un bacio.

"Sì, piccolina. Emergenza... di famiglia. Devo sistemare due cose, ma torno subito."

Aggrotta la fronte e si siede. "Vuoi che v..."

"No. Resta qui. Davvero. Voglio ritrovarti qui, nel mio letto, al mio ritorno."

"Ok." Si rilassa tutta con un sospiro. "Magari schiaccio un pisolino. Per prepararmi al secondo round."

Mi pulsa l'uccello, e quasi salto nel letto per riprenderla fra le braccia. Per reclamarla come si deve.

Invece devo uscire a salvare i Terribili tre da loro stessi.

* * *

Lana

Distesa nella nebbia del sesso, mi contemplo l'irritazione da barba sull'interno coscia quando grattano sulla finestra.

"Lana?"

Mi giro verificando di essere avvolta nel piumino. "Chi

è?" Sbircio oltre le tende, quando uno dei Terribili tre spiaccica la faccia sul vetro. Non so quale. Non ha l'eyeliner e porta la maglia, quindi presumo sia Hutch.

"Hutch," mi conferma in un sussurro. "Sono venuto a salvarti."

"Cosa?"

"Svelta, vestiti." Indica la pila di abiti e se ne va.

Obbedisco goffa, e indosso tutto a tempo di record. Mi raggiunge in soggiorno.

"Tutto bene?" Chissà perché, ma sussurro anch'io.

"Sì. Andiamo. Dove sono le scarpe?" Le recupera e me le avvicina in modo che le calzi. "È tutto?" Si fionda in camera a prendermi lo zaino rosa. "Dai. Dobbiamo muoverci."

"Cosa? Dov'è Teddy?"

"È occupato. Lo abbiamo distratto, ma non per molto."

"Ma di che parli?"

"Svelta, prima che torni." Mi agguanta la mano per trascinarmi fuori dalla baita.

"Hutch, fermo." Gli barcollo dietro. "Che succede? Perché corriamo?"

A metà del campo, un forte grido mi fa levare lo sguardo. Lassù veleggia un elicottero, sui cui pattini è appeso un adolescente a petto nudo che urla, "Yeeee!"

Mentre io me ne sto impalata a bocca aperta, Hutch mi spinge avanti. "Era Canyon?"

"Sì. Insieme a Bern ha rubato l'elicottero di Teddy per distrarlo e farti scappare."

Scappare?

"Hutch, so di aver detto di essere prigioniera, ma stavo scherzando..."

Mi tira nel bosco. "Per favore, Lana, fidati di me. Devi andartene subito."

"Ok," cedo. Prende proprio sul serio il 'salvataggio'. Non ho idea di cos'abbia in mente, ma stare al gioco male non farà. Lo seguirò, e chissà che non riesca a farmi riparare o caricare il telefono. A sentire l'azienda. Magari a trovare un negozio dove prendere dei vestiti nuovi, così da rimanere di più con Teddy. "Posso almeno lasciare a Teddy un biglietto?"

"Gli dico io che torni subito." Mi spintona oltre gli alveari. "Fatto. Io devo tornare indietro. Segui il sentiero giù, fino al torrente. Lì c'è Everest. Ha trovato l'auto a noleggio."

Mi risveglio. L'avevo dimenticata. "Ah sì?"

"Sì, stamattina. Ti ci porta lui. Hai le chiavi?"

"Credo di sì..." Rovisto nello zaino. Adesso che mi è tornata in mente, ricordo che Bentley si era lamentato, voleva accertarsi che non facessi 'niente di stupido' come perdere le chiavi. "Le ho messe nella speciale tasca interna. Ecco." Le sollevo, e Hutch annuisce.

"Bene. Segui il sentiero." Indica il consumato passaggio fra gli alberi. "Al torrente troverai Everest."

"Ok." Vorrei chiedergli come farò a riconoscerlo, ma sta già scappando. Mi metto lo zaino in spalla e scendo. Sto già pensando a cosa dire ai miei al lavoro per estendere le ferie. Magari stasera potrei sedurre Teddy nella vasca... e al mattino portargli la colazione a letto.

Sarà meglio che scopra cos'è successo a Bentley. Teddy dice che i suoi lo troveranno, ma non riesco a immaginare perché non ci siano già riusciti. È assurdo. Per una qualche ragione, ho la sensazione che non sia solo e perduto sulla montagna. La pancia mi dice che mi ha lasciata qui per poi andarsene. Ovviamente non aveva le chiavi della macchina – ma è uno che coi soldi esce da qualsiasi problema.

Quando sarò riuscita a far funzionare il telefono, cercherò di chiamarlo.

Proseguo a grandi falcate giù per il sentiero borbottando fra me, senza neanche accorgermi dell'ombra silenziosa che mi segue.

* * *

Teddy

Furioso, risalgo la montagna verso casa.

Hutch mi aspetta sulla scalinata d'ingresso. "Non arrabbiarti." Si alza con le mani sollevate nell'universale gesto di resa.

"Troppo tardi," sbotto. "Ci ho messo mezz'ora a far scendere quegli idioti dei tuoi fratelli."

"Stanno bene?"

"Si sono quasi schiantati." Lo supero con una spallata per entrare nella baita silenziosa. La porta della camera si apre con uno scricchiolio. Il letto è vuoto. Mi giro verso Hutch. "Lana dov'è?"

Il pomo d'Adamo salta. "Se n'è andata."

"Cosa?"

Si raddrizza. "Non potevo permettere che le cancellassi la memoria."

Sputo, però mi vibra il telefono. Sono in pochi ad avere il mio numero, e di solito non chiamano a meno che non sia urgente. "Non muoverti," gli ordino, e rispondo.

"Teddy." È Rafe. "Novità su quello lì. Bentley Dupree."

"E?"

"Brutte novità, fratello. Ha messo una taglia sulla tua bella, Lana Langmeyer. Dieci milioni per farla fuori."

Il mondo intero rallenta e si ferma. Dieci milioni bastano a tentare un sicario. Per quella cifra potrebbe assumere il meglio del meglio. Un'intera squadra.

"Dimmi che il posto è ancora libero."

"Magari. Sembra che qualcuno abbia accettato. Devi mettere subito Lana in un posto sicuro."

Riappendo e mi volto verso Hutch. È bianco in volto.

"Hai sentito?"

Annuisce.

"Vogliono uccidere Lana. Dobbiamo trovarla. Subito."

* * *

Lana

Sento lo scricchiolio prima di vederlo. È su, davanti a me, a scivolare sul creosoto, ma non c'è nessun segno di chi dovrebbe aspettarmi. Nessun montanaro massiccio né un medico dall'aria rispettabile, né un trigemino. Ma che aspetto ha poi Everest?

Un'ombra gigantesca si muove fra gli alberi, e mi giro tenendomi lo zaino al petto. "Everest?"

Una lunga testa pelosa dal muso nero emerge fra due pioppi tremuli. Raggelo, faccia a faccia col più grosso orso che abbia mai visto. Mi è familiare. Lentamente si sposta in una pozza di luce, così gli vedo bene la pelliccia bianca.

Oddio. È quello degli alveari. Lì non gli avevo visto il pelo, ma adesso sì, eccome. È bianco giallognolo dalla testa ai piedi. Un orso polare. Non un grolare.

Si solleva sulle zampe posteriori, e levo lo sguardo a bocca spalancata. Mi chiama con una zampa.

Ma davvero?

Mi guardo intorno, ma non c'è segno del fratello di Hutch. Al suo posto c'è un enorme orso polare che annusa impaziente l'aria e fa scattare la testa, come a indicarmi di seguirlo. Piomba sulle quattro zampe e trotta giù per il sentiero, ma muove di nuovo lo zampone come a invitarmi da lui.

Vabbè. Annuisco e lo seguo mentre procede pesante per un pineto.

Mi ci vuole un po' a scendere, ma l'orso è paziente. Ogni tanto si ferma per solleva una zampa e incoraggiarmi a proseguire. Ho la sensazione che mi offrirebbe un passaggio sulla sua schiena, se mi conoscesse meglio.

Non riesco a credere a questa montagna. Ma chi addestra tanti orsi meravigliosi? Forse il misterioso fratello di nome Everest. Quando tornerò da Teddy, lo assillerò di domande finché non avrà confessato.

Non ho idea di dove si trovi la baita rispetto al sentiero originario per arrivare alla cima. Alla fine però l'orso si ferma ad annusarmi, spostando la testa da me a un punto davanti. Lo supero in punta di piedi e abbasso lo sguardo sulla collina, fra i pini. Ecco il parcheggio col SUV nero a noleggio che mi aspetta.

"Perdindirindina," strillo, e mi volto verso l'animale. "Grazie." Teddy in cucina ci ha parlato, quindi mi viene naturale.

Lui china il gigantesco testone ispido. Solleva una zampa, e io lo saluto con la mano e lo osservo barcollare di nuovo nel bosco, senza muovere foglia al suo passaggio.

Oltre a un sottile strato di polline appiccicato al parabrezza, il SUV è identico a quando lo abbiamo lasciato. Scendo la collina estraendo il portachiavi dallo zaino. Ancora non riesco a credere all'incredibile passeggiata con un orso come guida turistica. Prima finisco qui, prima posso tornare da Teddy.

Premo il pulsante per aprire l'auto, che cinguetta. Ecco il caricatore, sul sedile anteriore. Perfetto. Posso accendere il telefono e fare qualche chiamata, poi andare in paese per un cambio di intimo e tornare alla baita.

Sono a mezzo metro dalla portiera, quando qualcuno sbuca dalla riga sovrastante di alberi urlando.

"Lana!" È Teddy. Sconvolta, lo osservo a bocca spalancata fiondarsi giù per la collina e correre da me più veloce di quanto dovrebbe essere possibile. All'ultimo secondo si curva in avanti per placcarmi come il difensore di una partita di football e mi carica sulla spalla. Lo zaino spicca il volo.

"Teddy, che cavolo ti prende?" Sono a culo all'aria e faccia in giù, a ballonzolare sulla sua spalla, con le trecce che gli piovono sul sedere avvolto dai jeans aderenti. "Non me ne stavo mica andando per sempre. Volevo solo caricare il telefono!" Mi aggrappo alla sua maglia per trovare l'equilibrio quando ruota per allontanarsi dall'auto. "Mi vuoi mettere giù?"

Nessuna risposta. Che montanaro determinato...

"Almeno lasciami chiudere le portiere." Grugnisco, e tento di sollevare la testa per verificare che i fari lampeggino. Siamo a qualche metro di distanza. Sollevo il portachiavi e premo pulsanti. Ho le dita scivolose, e parte il clacson. Mi riuscirebbe meglio se fossi dritta, non sulla spalla di un vichingo pazzo. Ritento con un altro pulsante, quello circolare che avvia il motore.

Il mondo scoppia in un'esplosione di luce e calore.

Capitolo otto

T*eddy*

La palla di fuoco che si leva dai resti dell'auto mi scotta le braccia nude e la nuca.

Mi tuffo a terra girando Lana per farle scudo col mio corpo. La copro con la mia stazza, tenendole la testa nella mia spalla. Gesto che soffoca le sue urla.

Violenti pezzi di metallo ci piovono addosso. Uno mi colpisce alla schiena, che inarco con un sibilo facendolo cadere a terra. La guarigione del mutante sa occuparsi di qualsiasi ferita fresca. La priorità è proteggere Lana.

Devono aver armato l'accensione dell'auto con una bomba. O il fratello o il sicario. L'esplosione è finita, e ormai non resta che il crepitio del fuoco sul guscio distrutto del SUV e un acuto fischio nelle orecchie.

Sono arrivato giusto in tempo. Appena prima che sbucassi dagli alberi, c'è stato un momento in cui ho registrato uno strano odore all'auto. Si è innescato l'istinto, e per salvarla ho usato la velocità da mutante. Non importa che abbia visto le mie capacità sovrumane alla luce del giorno. L'unica cosa che conta è tenerla in vita.

"Perdindirindina." Mi si aggrappa alla maglia, tremante. È in iperventilazione.

"Va tutto bene. Ci sono qua io." Mi sollevo per prenderle il volto nelle mani. "Stai bene."

"Cos'è successo?"

"Una bomba."

Il lamento di un proiettile è l'unico avvertimento che mi viene concesso. Mi curvo su Lana, preparandomi a levarle il mio peso di dosso mentre ci abbracciamo, a terra. Un oggetto nero compare nel cielo, sopra a un pioppo tremulo. Un drone. Ci spara.

Maledizione, certo che questo fratellastro si dà proprio da fare. Se non l'ha presa la bomba, ci penserà il drone del cecchino.

Una pallottola mi sfiora la schiena. Urlo.

E l'orso decide che ne ha avuto abbastanza. Un respiro prima sono umano. E quello successivo un mostro ispido con abbastanza peso e stazza da oscurare a Lana la luce del sole e l'aria rovente. Il grido mi si contorce in gola esplodendo in ruggito disumano.

I jeans e la maglia sono ridotti a brandelli di tessuto sparpagliati a terra secondo uno schema radiale. Sotto di me, Lana si lamenta.

Il drone è ancora armato e spara come gli pare. È ora di levarsi dai coglioni.

Sollevo Lana nella presa tipica dei pompieri e parto a velocità massima. Sono un orso mutante, e in forma di orso sono più veloce di qualsiasi creatura esistente. Le tengo le parti più vulnerabili – testa e busto – cullate davanti a me, in modo da proteggerla dai proiettili.

Balzo nel bosco e mi schianto nei cespugli. Il drone ci segue, seguito da un altro. Sfrecciando fra gli alberi sparandoci e cercando di abbattere me. Le pallottole ci ronzano sopra alla testa come calabroni arrabbiati. Stringo più a me Lana e mi fiondo in avanti con una bella dose di velocità mutante. Devo portarla via di qui. Devo portarla al sicuro.

Non conta nient'altro.

* * *

Lana

Mi sembra di aver tenuto immersa in piscina troppo a lungo la pelle della faccia. Ho ancora il puzzo di metallo bruciato nelle narici. Tossisco, espettorando fumo. Rabbrividisco, e mi schiaccio contro alla grossa creatura ispida che mi sta portando via.

Il SUV a noleggio è esploso. Sono piuttosto sicura che le esplosioni non siano coperte dall'assicurazione stipulata per il viaggio. Ma è l'ultimo dei miei problemi.

Ci sparano. Allungo il collo, ma non vedo il cecchino. Una pallottola spacca il tronco accanto a me. Con un lamento, abbasso la testa. Alberi, rocce e cespugli si trasformano in un miscuglio marron verdastro.

Il mostro peloso grugnisce e s'irrigidisce, curvandosi su di me e prendendo velocità. Il vento mi sferza tutta. Siamo tanto rapidi che mi piangono gli occhi. Chino il capo con un lamento, aggrappandomi al pelo con tutta me stessa. Schiaccio il volto nel morbido rifugio del collo e respiro. Il profumo di Teddy mi riempie i polmoni.

È Teddy, incredibilmente. L'ho visto coi miei occhi. Un attimo era il mio massiccio vichingo, sbucato di corsa dal bosco per salvarmi. Quello dopo si è trasformato in un animale. E mica uno qualsiasi: un orso. Lo stesso orso bruno che ho visto sulla cima del monte. Mi torna tutto in mente.

Infine rallenta. Il mondo torna a fuoco. Ci troviamo in un anfratto roccioso cui fa ombra la chioma di un pino. È tranquillo, meravigliosamente privo di pallottole ed esplosioni. Sicuro.

L'orso mi mette giù e si alza sulle zampe posteriori. E poi rimpicciolisce tutto, finché non è Teddy a guardarmi. Teddy, nudissimo, con ogni singolo muscolo e variopinto tatuaggio in bella mostra.

"Teddy." Gli punto contro un dito tremante. "Sei un..."

"Un orso," conferma. La voce esce come un ringhio quasi troppo basso per essere umano. Si schiarisce la gola, lo sguardo fisso su di me. Solitamente grigi, gli occhi gli lampeggiano di un inquietante oro quando colgono la luce. "Stai bene? Sei stata colpita?"

Mi passo le mani sul petto e abbasso lo sguardo per fare l'inventario. "No." Mi tocco la fronte, quasi aspettandomi una benda. Forse sono all'ospedale ed è tutta un'allucinazione. "Cos'è successo?"

"Ci hanno sparato. Tramite droni."

"Mi è esplosa la macchina."

"Va tutto bene, piccolina. Siamo scappati. Adesso sei al sicuro."

D'un tratto esausta, mi accascio. Teddy aggrotta le sopracciglia quando mi lascio scivolare a terra per appoggiarmi su una roccia. "Stanno cercando di uccidermi. E tu sei... Teddy, sei un orso."

Si accovaccia davanti a me, cauto. "Un orso mutante," mi corregge.

Un orso mutante. Un essere umano che diventa orso. Un orso vero. Pelliccia ispida, piccole orecchie carine...

"Perdindirindina," sussurro.

Mi osserva attentamente. Le linee definite degli zigomi, le sopracciglia bionde e i capelli corti, la barba scompigliata – tutto umanissimo. È il solito Teddy, un bel vichingo burbero.

Ma dentro è appostata una creatura. La sua parte orso. Impossibile, eppure è vero. Ne sento dentro la verità. Penso a tutti gli orsi che ho visto da quando lo conosco, e torna tutto. Anche i fratelli – tutti quanti – devono essere orsi mutanti.

Porta lo sguardo a terra, apparentemente... triste.

Mordendomi il labbro, mi isso sulle ginocchia e mi avvicino a lui. Tendo la mano, lasciandola fra noi, desiderosa di toccargli il viso ma senza averne il coraggio.

"Stai bene?" bisbiglio. "Fa male? Quando, sai..."

"Cambio." Mi fornisce lui la parola. "O mi tramuto." Scuote il capo. "No, non fa male."

Copro la distanza che c'è fra noi per prendergli una guancia con la mano. Ha la pelle bollente, febbricitante. Mi scotta il palmo, ma è bellissimo. È vivo. È tutto vero.

"Teddy," sussurro. Si schiaccia contro al mio palmo, quindi gli metto l'altra mano sull'altra guancia e lo tiro a me. Vengo colpita dal suo profumo: pino, menta selvatica e un pizzico di fumo. Intossicante come un bicchierino di whiskey. "Mi hai salvata." Poso la fronte sulla sua, bisognosa di altra sua pelle sulla mia. Altro suo profumo e calore. Gli sfioro le labbra con le mie, e geme.

"Lana," dice brusco, e mi prende la nuca ficcando un pugno nelle trecce per tirarmi vicina. E quando siamo abbracciati forte, quando gli sono seduta sulle gambe e tento di avvolgerlo, lui mi reclina la testa all'indietro per baciarmi tanto forte da bruciarmi la pelle con la barba.

Si gira per spingermi sulla schiena, indietreggiando poi su di me in tutta la sua beltà nuda.

Mi tendo verso di lui, divincolandomi per levarmi i pantaloni da escursione. "Teddy." Gli agguanto le spalle, issandomi e tirandomelo vicino. Ho i seni gonfi e doloranti. Mi struscio su di lui in cerca di sollievo. Ho chiazze di irritazione su tutto il volto, e non me ne importa niente. Voglio che mi gratti ogni centimetro di pelle con la barba. Voglio che mi tiri le trecce fino a farmi dolere il cuoio capelluto. Finché non saprò che siamo vivi entrambi.

* * *

Teddy

Mi sospira in bocca. Cerco di mettere dello spazio fra noi, e mi artiglia il culo nudo. "Piano, piccolina. Voglio solo metterti comoda."

"Ho bisogno di averti subito dentro," sbuffa. Non sembra esageratamente sconvolta dall'orso. Né possiede il luccichio malefico di Tiffany negli occhi. No, è solo *eccitata*.

Il che mi rende impossibile resisterle. Dovrei soffrire perché sa. Perché ormai dovrò cancellarle sul serio la memoria. Invece non riesco a pensare ad altro che al sesso.

Sono totalmente nudo, lei per metà. È distesa a terra con le foglie sulla cima della testa. Non ho nemmeno una coperta o un cappotto su cui stenderla.

Mi ringhia, abbastanza forte da colpire qualunque orso mutante. Decido di strapparle la camicia a quadri che mi ha preso stamattina. Il tessuto profuma già di lei – di miele e alloro mescolati al mio odore. Il miglior profumo del mondo.

Mi agguanta, avida, e le piglio entrambi i piccoli polsi con una mano sola e il posticino morbido che ha fra le gambe con l'altra. Il suo piccolo mormorio mi provoca dolore.

"Devo prepararti." Le immergo due dita nella dolce figa e ci rovisto fino a trovarle il punto g. "Cazzo, piccolina, mi goccioli addosso." I suoi succhi mi scivolano sul palmo. "Voglio che vieni per me." Le tiro giù la canottiera, denudandole i seni. "Mani sopra la testa," ordino. Come le mollo i polsi, allunga le braccia verso l'alto, tenendo le mani ferme come l'avessi legata. Inarca la schiena, e i seni si sollevano in un panorama mozzafiato.

"Sei perfetta, cazzo." La premio accarezzandole un seno e passando il pollice sul capezzolo turgido, durante il ditalino. "Vieni, tesoro. Subito. Vienimi in mano. Voglio sentirti."

Le sobbalzano i fianchi, si divincola per scoparsi le mie dita. Le pizzico il capezzolo, e chino il capo per lenire il dolore con la lingua. Le struscio la barba sull'anfratto fra i seni e mi viene in mano contorcendosi tutta.

"Cazzo, sì, tesoro. Così." Continuo ad accarezzarla, stuzzicandola ancora di più. "Brava. Adesso mettiti su mani e ginocchia." L'aiuto a girarsi per verificare che si posi sulla camicia di plaid. "Tocca a me." Struscio l'uccello sul suo calore setoso tenendole fermi i fianchi. Lei si china in avanti, preparandosi mentre spingo sempre più forte. "Sei la mia brava bambina," la lodo facendole saltare il corpo in avanti a ogni spinta. "Lo prendi benissimo..."

"Sì, sì, sì," si lagna lei. Allarga le ginocchia e inarca ancora di più la schiena.

Allungo una mano per prenderle il morbido monticello della pancia, poi la faccio scivolare giù fino al posticino scivoloso fra le gambe. Le massaggio il clitoride. "Adesso vieni ancora," le spiego. "Capito?"

"Sì, Teddy."

"Toccati, massaggiati."

Con un piccolo ansimo, esegue.

"Vieni ancora. Adesso."

Le accarezzo i seni, stuzzicandoli e pizzicandoli, in attento ascolto del suo respiro mozzato. Continuo a montarmela allo stesso ritmo finché non mi stringe addosso i muscoli interni. La sua figa mi agguanta l'uccello tanto forte che vedo le stelle.

Il suo tremante urlo è la cosa più dolce che abbia mai sentito. Le piglio le trecce con la mano libera per tirarle la testa indietro. "Adesso ti scopo forte. E verrai. Tantissimo." La sollevo sulle ginocchia. Praticamente mi è tornata in braccio, e mi rimbalza sull'uccello mentre io glielo spingo dentro spostandola in avanti. I seni rimbalzano a ogni forte colpo.

Le mollo i capelli, e la testa le ciondola naturalmente sulla mia spalla, scoprendo il dolce punto fra spalla e collo. Chino il capo per mordicchiarla, ma senza farla sanguinare. Sì, urla l'orso. Cazzo, l'ho quasi marchiata di nuovo. Sarebbe naturale affondarle le zanne nelle carni e reclamarla per sempre. Lasciarle permanentemente nella pelle il mio odore, in modo che gli altri mutanti lo riconoscano.

Invece faccio scattare i fianchi e me la sbatto, forte e in profondità, a ripetizione, finché non viene tanto che non capisco quando un orgasmo finisce e comincia l'altro.

Alla fine, con un ululato la penetro in profondità. Il pisello spruzza di continuo, riempiendola. C'è tanto sperma che quando ho finito temo non mi sia rimasta una goccia d'acqua in corpo. E non ho mica finito. Voglio marchiarla, qui, adesso, e scoparmela ancora fino a lasciarle l'impronta del cazzo nell'utero.

"Lana." La inclino per guardarla in faccia. Fra le mie braccia è molle, ma ha un piccolo sorriso in volto. Le bacio le guance luccicanti e poso la schiena, drappeggiandomela addosso per proteggerle la pelle morbida dal terreno. Sopra di noi il sole è nascosto da una nuvola, e si sta facendo più fresco. A gambe e braccia intrecciate, ce ne restiamo stesi lasciando scemare il rossore del momento coi cuori che battono all'unisono.

Ho messo tanta distanza e a tanta velocità dai droni che non riusciranno a trovarci. Per il momento siamo al sicuro. Prima o poi dovremo andarcene, ma voglio restarmene qui con questa perfetta umana fra le braccia.

Si leva la brezza, e Lana mi si accoccola contro.

"Hai freddo?" Le scosto le trecce dal volto, e raccolgo le foglie marroni che le si sono aggrappate ai capelli rosa e nero lucido.

"Sto bene."

"Fra poco ripartiamo."

"Teddy," mormora. "Odio rovinare il momento, ma devo saperlo. Quando avevi intenzione di dirmi che il mio fratellastro sta cercando di uccidermi?"

Mi si sgonfia il petto. "Allora ricordi."

"Credo di sì," fa lei. "Mi ha minacciata con un coltello. Gli ho lanciato addosso l'urna, ma non ce l'avrei fatta comunque. E poi..."

"Dal bosco è uscito un orso," termino per lei.

Mi si contorce nella piega del braccio per guardarmi in faccia. "Eri tu, vero?"

"Ho sentito il tuo odore nel bosco, e non potevo permettergli di farti del male. Non permetterei mai a nessuno di farti del male."

"Perché?"

Invece di rispondere, chino il capo per baciarla. Il contatto con le sue labbra mi fa rizzare l'uccello, quindi mi fermo prima di metterla sulla schiena per scoparla a morte.

Una rughetta le rovina lo spazio fra le sopracciglia. Gliela faccio sparire con un massaggio del pollice.

"Perché non mi hai detto di Bentley?"

"Volevo vedere se ricordavi. E non sapevo come spiegarti tutto senza dirti di me."

"Che ti trasformi in orso?"

Sono ugualmente elettrizzato e turbato nel sentirglielo dire. "È un segreto, piccolina. Da sempre custodito dalla montagna. E dovrà essere così per sempre."

"Non riesco a crederci." Fissa nel vuoto. "Gli orsi mutanti esistono. Sei velocissimo," aggiunge assente.

"E forte. E guarisco rapidamente."

"Come dopo lo scontro con tuo fratello. O quando hai attraversato la stanza in un attimo. O le pallottole che non ti hanno fatto niente."

Cavoli, che casino ho combinato. L'orso ha continuato a farsi vedere da lei – che coglione. Voleva che lo vedesse. Voleva che sapesse cosa sono.

Compagna, mi ricorda.

"E l'orso in cucina?" domanda Lana. "E quello polare, agli alveari?"

Mi sprofonda lo stomaco, ma subito dopo giunge il sollievo. Lana è sveglia. Scoprirà tutto, quindi tanto vale confessare. Non so cos'accadrà, ma non voglio che ci siano segreti fra noi.

"Sono miei fratelli. Quello in cucina era Axel. L'orso polare è Everest."

"Everest," sussurra. "Hutch aveva detto che sarebbe stato Everest a portarmi all'auto. È comparso un orso polare. Si comportava molto da essere umano."

"Sì. È Everest."

Si allunga per lisciarmi la fronte col pollice. Mi traccia i lineamenti, studiandoli come per trovarne tracce dell'orso. "E i tre gemelli? Hutch, Canyon e Bern? E Matthias?"

"Anche loro sono mutanti. Orsi. Non li hai ancora visti in quella forma." Il problema è che dirle tutto non comporta rivelarle solo segreti miei. Quando uno di noi si svela a un umano, le conseguenze le paghiamo tutti. Se l'umano in questione decide di tradirci, ci ritroviamo tutti in pericolo.

"*Non lo dirà a nessuno, dai,*" ha detto Hutch. Devo concordare. Ma non ci sono certezze.

"Assurdo," sta dicendo Lana. "È come trovarsi in un mondo tutto nuovo. Governato da orsi. Credevo che quelli di qui fossero speciali. Infatti lo sono." Le scappa una risatina. "Siete tutti mutanti."

"Non abbiamo niente di speciale." È così carina che non riesco a smettere di sorridere.

"Non sono d'accordo. Perdindirindina!" strilla portandosi le mani sulla bocca. "Le tendine con gli orsetti. Trovavo carinissimo che vi foste scelti questo tema. Piccoli e begli orsacchiotti ovunque."

"Spiritosaggini alla Hutch. Non sono certo piccolo." La tiro a me per premerle l'uccello contro le reni, giusto per ricordarglielo.

"No, infatti," mormora. "Però da orso sei molto carino."

La stringo e lascio ricadere la testa all'indietro, strizzando gli occhi al cielo. L'orso se la sta tirando.

Parla ancora, con una cadenza languida. "Otto fratelli, tutti orsi mutanti. Tua mamma deve inviare delle foto di Natale uniche."

Il gelo mi serpeggia giù per la schiena. "No," dico, irrigidendomi ancora. "Niente foto. È un segreto di cui nessuno può essere a conoscenza."

Rotola via per guardarmi in faccia. "Capisco," giura incollando gli occhi ai miei.

La scruto bene in volto.

"*Non lo dirà a nessuno, dai.*"

"*Non puoi saperlo,*" ho risposto io.

Ha un'aria solenne. "Teddy, te lo giuro."

Dovrei essere felice. Lana è mia. Ma brucia ancora la scintilla del dubbio. Ci sono già passato, e non andò bene.

Annuisco, sporgendomi verso di lei, ma il momento è

rovinato, e si sta rimettendo i pantaloni da escursione. Mi alzo con un sospiro. Dovrò tornare indietro nudo.

L'aiuto a vestirsi. Mi ridà la camicia a quadri e me la lega alla vita. "Cosa facciamo con Bentley?"

"Gli ho messo alle calcagna una squadra. Lo troveranno. Intanto sei in pericolo qua fuori. Dai." La prendo in braccio. La baita forse è compromessa, ma quelle dei miei fratelli sono nascoste ancora meglio. Il che significa che staremo con loro, finché non avremo eliminato il sicario.

Capitolo nove

ana
    "Dobbiamo piantarla di vederci così." Matthias mi esamina il cuoio capelluto. Sono sul divano di una nuova baita, più grande, che appartiene ai Terribili tre e al misterioso fratello Axel. "Siamo cresciuti in questa casa," mi ha detto Teddy. Sembrava distratto, quindi ho posticipato la richiesta del tour. Da qui è simile alla sua, fatta di pino grezzo e piena di lisi mobili molto amati. La differenza principale consiste nel caminetto, più grande, e nelle stanze ulteriori che si aprono oltre la sala principale.

Teddy adesso è fuori, al telefono. L'ho sentito chiedere a uno di nome Deke di 'ripulire', e ho deciso che non era il caso di origliare altro. Poi è entrato Matthias con la sua borsa nera per visitarmi.

"Sto bene." Gli sorrido. "Ho solo un po' di tremori."

"Per forza." Rimette gli strumenti nella borsa e si sfila i guanti. "La testa sembra a posto. Nessuna nuova ferita. Ti prescriverei risposo e niente stress per i prossimi giorni, ma qualcosa mi dice che sarà difficile."

"Non preoccuparti. Nessuno aveva mai cercato di uccidermi, ma comunque nessun orso mutante mi aveva mai protetta."

"È un buon segno che ti siano tornati tutti i ricordi. Ci stavamo chiedendo quando sarebbe successo." Mi rivolge uno sguardo significativo.

"Non lo dirò a nessuno. Giuro."

"È un bene, Lana. Non è un segreto solo di Teddy. Dal tuo silenzio dipende la sicurezza dell'intera famiglia."

"Lo capisco. Non lo direi mai a nessuno. So mantenere i segreti." Incrocio le mani, come una brava bambina che ripete ciò che gli adulti vogliono sentirsi dire. Teddy è molto più teso dall'arrivo alla baita, e qualcosa mi dice che non è solo perché sta cercando di scovare il sicario. Confessare il segreto di una vita non è roba da poco.

"Bene." Si sistema gli occhiali, la cui angolazione opacizza le lenti, nascondendogli gli occhi. "Perché altrimenti ci saranno conseguenze."

Trasalisco.

"Non voglio spaventarti." Addolcisce il tono. "Ma dobbiamo prendere seriamente la nostra privacy."

"Certo. La prendo seriamente anch'io. Lo giuro." Allaccio le dita. Credevo Teddy e i fratelli dei tosti e Matthias l'intelligente, quello colto, ma sotto al suo sguardo severo vado in agitazione. Saprebbe far crollare un terrorista in due minuti, e senza usare la forza. "Esistono altri esseri umani che ne siano al corrente?"

"Pochi. Per lo più compagne di mutanti."

"Compagne?"

"I mutanti prendono delle compagne."

"Tipo anime gemelle?"

"Più o meno. Il concetto di anima gemella del mondo umano è una bella idea per i romantici, ma per i mutanti è la cosa più importante al mondo. La compagna è l'unica persona al mondo fatta per il mutante. Quando la trova, l'animale l'accetta immediatamente. Sono destinati a stare insieme. Per la vita. È il fato."

"Il fato..." ripeto in un sussurro.

Teddy non aveva borbottato qualcosa sul fato dopo la prima volta che l'abbiamo fatto?

Mi stringo nelle braccia per contenere le vertigini che mi stanno cogliendo. Sono la compagna di Teddy? L'unica al mondo fatta per lui? Sarebbe la cosa più meravigliosa che mi sia mai capitata. Quanto vorrei che fosse vero...

Avrei un milione di domande da porre, ma possono aspettare Teddy.

"Finito?" È sulla soglia, e porge il telefono preso in prestito da Matthias.

"Visita terminata. Tutto a posto."

Saluto appena Teddy con la mano, e gli faccio cenno di venire da me. La linea delle spalle è rigida, però mi raggiunge subito a passo felpato per poi crollare sul divano e accoccolarsi al mio fianco. Ci rilassiamo subito tutti e due.

Compagna. La parola mi rimbalza nella mente, riempiendomi di calore e farfalle ubriache. Ho percepito fin dall'inizio un legame con Teddy. Questa cosa delle compagne è reciproca?

"Ho una buona e una brutta notizia," fa Canyon. "Quella buona è che abbiamo trovato e distrutto i droni."

Teddy geme. "Ditemi che ne è rimasto uno intero..."

"No," dice Hutch. "Canyon ha inventato un giochino chiamato Distruggi il drone a mazzate."

"Tipo baseball, solo che la palla ti spara," aggiunge l'interessato.

"Spiacente." Hutch gli porge un sacco di tela pieno di oggetti tintinnanti. "Ci siamo fatti un pochino prendere."

Teddy fruga nel sacco e ne estrae un frammento nero

scintillante più piccolo di un telefono. I tristi resti del drone. "Maledizione. Avremmo potuto usarlo per rintracciare il sicario." Si passa una mano sui capelli corti. "Passo questi al branco Black Wolf e vedo che riescono a fare." Ributta il frammento nel sacco. "Era questa la brutta notizia?"

"Ehm, no," fa Canyon. "Ce n'è un'altra."

"Dov'è Bern?"

"Con Everest. Hai chiamato quel branco, il Black Wolf, perché ripulissero? Perché devo dargli delle coordinate. Longitudine e latitudine."

"Cos'avete combinato?" ringhia Teddy.

"È stato Everest," fa Hutch. "Le intenzioni erano buone, eh. È stato lui a mandarci dai droni. Ha sentito l'esplosione e ha visto che vi seguivano. Li abbiamo eliminati."

"Sì," lo interrompe Canyon. "È stato fantastico. Sfrecciavano ovunque, e noi tipo..." E fende l'aria con mosse di karate e versetti di spari alla *bum bum*.

"Canyon." Hutch fa segno di tagliarsi la gola.

Canyon la pianta con il racconto teatrale degli eventi, e quando si accorge dell'occhiataccia di Teddy lascia ricadere le mani. "Scusa."

"Comunque," continua Hutch, "Everest ci ha detto dell'esplosione. Guardava dal bosco. Anzi, è stato lui a dire che il SUV aveva un odore un po' strano quando ci ha portato Lana."

"Allora perché l'ha lasciata lì?" sbotta Teddy. Gli poso una mano sulla schiena e la massaggio, allora ammutolisce, chiude gli occhi e si pizzica la punta del naso. "Niente, lasciamo perdere."

"Be'," dice Hutch, "Everest ha seguito l'odore. Quindi, mentre il sicario vi sparava addosso i droni, lui gli dava la caccia."

"Vi prego, ditemi che l'avete preso..."

"Più o meno." Hutch scocca un'occhiatina dispiaciuta nella mia direzione.

Teddy la vede e posa la schiena per cingermi con un braccio. "Parlate liberamente davanti a Lana. Ormai sa tutto."

"Ah sì?" Si aprono tutti e due in un sorrisone identico. "Benvenuta in famiglia."

"Grazie." Rispondo sorridendo a mia volta. Accanto a me Teddy è teso, ma è ovvio dopo tutto quello che abbiamo passato. Gli prendo la mano e gliela stringo, e la rigida linea della spalla gli si ammorbidisce.

"Comunque, Everest gli dava la caccia. E il sicario era già impazzito, tipo..."

"Se vedeva tramite il drone, mi ha visto tramutarmi," spiega Teddy.

I fratelli digeriscono l'informazione in silenzio. "Allora è stato un bene," fa Hutch. "Everest l'ha rincorso e per sbaglio sono finiti su una rupe."

Teddy lascia crollare il capo e si copre il viso con la mano.

"È sopravvissuto?" chiede Matthias.

"No, è stecchito," dice Hutch.

Mi scappa uno strillo, e mi porto la mano alla bocca. Tutti i fratelli mi guardano. "Be'," faccio quando ritrovo la voce. "Non poteva accadere a una brava persona, no?"

"Ah, certo che no." Hutch dà uno scossone al capo e guarda Teddy. "Per questo dobbiamo dargli le coordinate. Everest e Bern li aspettano al cadavere."

"Ok." Teddy porge il telefono a Canyon. "Chiama l'ultimo numero e chiedi altra gente."

"Che figata!" Canyon agguanta il telefono e sparisce fuori.

"Avete trovato altre attrezzature?" domanda Teddy ad Hutch.

"No, ma possiamo uscire a cercarle."

"Possiamo passare tutto ciò che troviamo al branco Black Wolf; magari li aiuta a trovare i sicari."

Sospiro. Non avevo mai assistito a una conversazione più bizzarra, nemmeno contando quella fra un produttore cinematografico e il manager del mio marchio quando volevano girare uno spot della GoddessWear con pavoni addestrati, il lancio di uno shuttle e modelle in una piscina piena di gelatina rossa. Per quanto possa essere strano un marchio di vestiti, un giorno pieno di sicari e orsi mutanti batte tutto.

"Credi che il sicario avesse dei complici?" chiede Matthias.

"Forse," fa Teddy. "Adesso però l'istinto mi dice che i complici probabilmente erano i droni."

"Significa che è finita?" domando io.

Silenzio. Le braccia di Teddy mi stringono. "Possibile. I miei amici... quelli del branco Black Wolf, sono degli esperti. Stanno cercando di rintracciare Bentley."

Bentley. Allaccio le dita. "Sei sicuro che dietro ci sia lui?"

"Lana..." Mi prende il mento per voltarmi verso di lui. "Oltre il sicario, lui è l'unica persona che abbia cercato di ucciderti nelle ultime quarantotto ore. Io direi che ha esagerato."

Maledizione. Un conto è far parte di una famiglia disfunzionale. Un altro è accettare che il proprio fratellastro stia cercando di farti fuori per l'eredità.

Deglutisco.

Teddy mi passa il pollice sulla guancia. "Ti proteggo io, piccolina."

"Lo so," gli sussurro.

Preme la fronte contro alla mia. Vengo colta dal suo profumo, e tutto lo stress che ho in corpo si scioglie in nulla. "Che buon profumo che hai..." Gli porto la testa sul collo per dargli una bella annusatina. "Quando sarà tutto finito, ci farò una linea di candele."

"Lana."

"Non temere." Lo abbraccio stretto. "Saranno candele molto virili. E non svelerò mai a nessuno la mia fonte d'ispirazione segreta."

Non lo vedo in volto, però gli sento la guancia curvarsi in sorriso.

"Fatto." Canyon si rifionda dentro porgendo il telefono a Teddy. "Deke ha detto che sistemano tutto loro."

"Che cazzuto che è Deke," fa Hutch, e Canyon concorda.

"Chi è?" chiedo io.

"Un amico dell'unità," risponde Teddy.

"Dell'esercito?"

"Sì. È un lupo mutante," scappa a Canyon. "Del branco Black Wolf. Sono di Taos."

"Esistono lupi mutanti?" Rivolgo gli occhi strabuzzati a Teddy. "Tipo... lupi mannari?"

"Si trasformano in lupi invece che orsi, quindi sì." Teddy mi accarezza l'esterno coscia.

"Wow." Mi agito tutta. Vengo inondata dal calore a ogni passaggio delle dita stuzzicanti di Teddy. Mi guarda come volesse portarmi via dai suoi fratelli in un posticino isolato. Lo vorrei anch'io, ma al momento sono vinta dalla curiosità. "Assurdo... esiste un intero mondo di cui non sapevo nulla. Come fate a mantenere un segreto del genere?"

Le dita di Teddy si immobilizzano.

"Siamo bravini a mantenere segreti," dice Matthias. "E

se un umano scopre ciò che non dovrebbe scoprire, esistono dei sistemi per farglielo dimenticare."

Be', per nulla inquietante, eh.

Mi rimpicciolisco contro Teddy, e lascio perdere le domande sul tema.

"La cosa impostane è che il sicario sia stato sistemato," fa Teddy. "E che siamo sopravvissuti."

Hutch si schiarisce la gola. "A dire il vero non avevo finito le notizie. Quella era la buona, sai. Non ti abbiamo ancora detto la brutta."

Teddy torna a massaggiarsi la fronte. "Che c'è ancora?"

"La vera brutta notizia è che poco dopo che te ne sei andato è venuta da te Daisy. Ha convocato un'assemblea di paese d'emergenza. Verrà anche Darius."

"Darius?" ripeto. Un ringhio tuona nel petto di Teddy.

"Sì. Daisy dice che Darius proporrà un'idea per salvare il paese. Dobbiamo votare tutti."

"Quando?" abbaia Teddy.

"Stasera."

"Ci parlo io," fa Matthias. "Vedo se riesco a fargliela annullare."

Hutch si gratta il capo. "Non so, fratellone. È parecchio determinata. Dice che è ora di prendere una decisione, invece di lamentarsi sempre. Ed è arrivato Darius."

"Ok," tuona Teddy. "Prima le cose importanti. Coordiniamoci coi Black Wolf. Verifichiamo che ripuliscano tutto."

"E l'assemblea?" domanda Canyon. "Lasci vincere Darius?"

"Ok," mugugna allora. "Se nelle prossime ore fila tutto liscio, andremo a votare. Credo però che siamo tutti d'accordo che la priorità sia tenere Lana al sicuro."

Il coro di fratelli acconsente, e tutto il calore che mi riempie minaccia di farmi scoppiare in lacrime.

Capitolo dieci

ana

LDopo qualche prezioso minuto di coccole sul divano con Teddy, riceve un messaggio dal branco di lupi.

"Hanno bisogno di parlare con me." S'infila in tasca il telefono con un sospiro. "Devo andare. Tu resta qui, al sicuro."

"Ok," faccio io. "Non ti preoccupare."

"Torno appena posso, piccolina." Mi bacia, una volta sulle labbra e una sulla fronte.

"Faccio un pisolino." Mi copro la bocca per nascondere uno sbadiglio. "Sono stanca." E soverchiata. E non perché mi stanno facendo saltare in aria tutto ciò che credevo di sapere sul mondo, né per il tentato omicidio, ma perché Teddy e i suoi fratelli mi hanno accolta. Dopo anni di esclusione da parte dei parenti stretti, ho la sensazione di allontanarmi dal freddo. Di essere accettata.

"Dormi pure qui. Restano Hutch e Canyon. Ti porteranno tutto ciò che ti serve." Mi bacia ancora e punta un dito verso i due dei Terribili tre. "Confido che la teniate al sicuro."

Hutch e Canyon scattano sull'attenti. "Signorsì, signore!" Canyon fa il saluto militare. "A costo delle nostre vite."

"Dovesse presentarsi un esercito per prenderla, lo sconfiggeremmo tutto."

"Vittoria o morte!"

"Ok, bene," fa Teddy. "Conto su di voi." Esce accucciandosi dalla baita, e io mi asciugo le lacrime dagli occhi prima che le vedano Hutch e Canyon.

Finisco con l'addormentarmi qui, sul divano. Quando mi sveglio, ho addosso una coperta. Hutch si muove per la cucina, ma non c'è nessun altro.

Mi sente agitarmi e viene con un bicchiere d'acqua. Lo prendo mormorando, "Grazie," e lo inclino per nascondere un sorriso. Che gentiluomini i fratelli Bad Bear...

Hutch indugia al mio fianco. "Dormito bene?"

"Sì. Mi sono persa qualcosa?"

"No. Teddy non è ancora tornato, ma non dovrebbe mancare molto. Io e Canyon stiamo preparando la cena. Salmone alla griglia e insalata di formaggio di capra e mirtilli."

"Mmm, che bontà."

"I piatti preferiti di Teddy. Dopo cena andiamo all'assemblea. Matthias non è riuscito a convincere Daisy a lasciar perdere, quindi Teddy ci ha ordinato di fare la nostra parte. Dobbiamo andarci per fermare Darius. Ogni singolo voto è importante."

Mi siedo e mi scosto le trecce. "Per salvare la montagna?"

"Già." Canyon fa capolino con la testa dal corridoio.

"Ah... visto tutto quello che è successo, non sono riuscita a chiedervelo. Perché è così importante fermare Darius?

Dite di dover salvare la montagna, ma perché? Cosa la minaccia?"

"È una storia lunga." Canyon viene a passi felpati a buttarsi su una lisa poltrona di fronte al divano. "Sai, la giunta comunale aveva bisogno di denaro per delle cose. Nuove strade. Sistemare la torre idrica, migliorare la rete fognaria, robe così. Hanno fatto dei prestiti."

"Hanno emesso un'obbligazione," lo corregge Hutch. "Così hanno detto loro."

"Vabbè." Canyon sventola una mano. "Purtroppo è stata comprata da un fondo speculativo tagliagole. Che adesso rivuole i soldi."

"Insieme a interessi assurdi," dice Hutch. "Daisy ha detto che preferirebbe gestire un cartello della droga che un fondo."

"Accidenti. So che significa." La GoddessWear riceve la sua dose di offerte da investitori interessati, inclusi i fondi di speculazione. Tagliagole è un modo educato di definirli. "E quanto dovete restituire?"

"Qualcosa come dieci milioni," mi dice Hutch. "Una somma enorme per un paesino."

"Ma non fa niente," ribatte Canyon posando gli scarponi sul tavolino. "I soldi li facciamo. Ho un sacco di idee."

L'altro sbuffa. "Abbiamo provato di tutto. Abbiamo cominciato a tenere i polli per vendere uova. Ma le mangiamo quasi tutte."

Canyon si dà una pacca sulla pancia nuda. "Mangio anche per l'orso, eh."

"Eccome." Hutch leva gli occhi al cielo.

Canyon si siede dritto e fa schioccare le dita. "E gli alveari? Potremmo vendere miele."

"Oh, che carino," intervengo io. "Vedo già il logo: *Miele Bad Bear: miele da orsi*."

"No," fa Bern. "Everest non vuole che prendiamo il miele. È troppo legato alle api. E poi come facciamo a guadagnare dieci milioni vendendo prodotti ai mercati dei contadini? Dobbiamo trovare un'altra idea." Si posa il mento sulle mani, ora tetro. "Teddy lavora con l'elicottero, ma non ha intenzione di espandersi al momento."

"E dopo il giretto di oggi, probabilmente non mi lascerà più avvicinarmi." Anche Canyon è tetro.

"Peccato," faccio io. "Potevo cucirvi delle tute coordinate."

"Coordinate?" dice Hutch. "Oh, cavoli... dobbiamo assolutamente convincerlo."

"Buona fortuna," dice Canyon. "Il punto è trovare il modo di far soldi veloci."

"Chiaro. Ma Darius che c'entra?"

"Lui ha intenzione di saldare il debito, ma vendendo lotti di terreno per costruirci condomini."

Ci rifletto su. "Non è necessariamente un male. C'è carenza di case, e se vengono costruiti in maniera sostenibile..."

Canyon fa una brutta smorfia. "Teddy dice che a Darius importa solo arricchirsi. Scommetto che non farà nulla che non lo faccia guadagnare."

"Capito."

"Stasera presenterà il suo progetto," prosegue Canyon. "E voteremo tutti. Solo che dobbiamo inventarci un'alternativa, altrimenti gli altri potrebbero votare a favore. E poi Teddy pensa che Darius abbia pensato a tutto per convincere il paese. E indovina di chi è la ditta che costruirebbe i condomini?"

"Di Darius?"

"Di Darius."

"Capito." Adesso ci arrivo. L'odio di Teddy per il

gemello, il biasimo, tutto su quest'ultimo, per i problemi della montagna. "Teddy ritiene che Darius abbia organizzato tutto per mettere il paese nelle condizioni di acconsentire alla costruzione dei condomini?"

"Più o meno. Devo dargli credito, però: il suo piano è migliore di quello del fondo di speculazione," fa Hutch. "In caso di bancarotta, probabilmente si prenderebbero tutto loro, applicherebbero misure di austerità e venderebbero lotti di terreno per il legname."

Mi scappa una smorfia. "Che brutto..."

"Già. Distruggerebbero il nostro habitat."

Sono entrambi tanto depressi che batto le mani, facendoli sobbalzare. "Ehi! Possiamo risolvere trovando i soldi."

"Dieci milioni?"

"Certo. Possiamo pensare a qualcosa. Posso farmi venire qualche idea, ma prima, e cosa più importante, dovete darmi una mano."

I due gemelli adesso sono attenti.

"Mi venisse in mente il modo di raccogliere il denaro necessario e convincessi Teddy a portarmi all'assemblea, cosa mi metto?"

"Qui ti posso aiutare io." Hutch salta su. "Aspetta un attimo." Torna trascinandosi dietro una macchina da cucire nera dall'aria antica col logo della Singer sul lato.

"Perdindirindina!" Mi sposto sul bordo del divano. "Funziona?"

"Certo. È della mamma. Ci ha insegnato lei a usarla." Posa il pesante aggeggio sul tavolino, davanti a me. "Adesso ci serve solo il tessuto."

Sorrido. "Ho già un paio d'idee."

* * *

Teddy

"Finito." Lance, uno dei mutanti del branco Black Wolf, nonché ex membro della mia unità dell'esercito, agguanta lo sportello posteriore del furgone da cui siamo scesi e lo sbatte. "Cadaveri finiti. E col prossimo giro faccio sparire l'auto esplosa."

"Grazie." L'orso muore dalla voglia di tornare al fianco di Lana.

Lance si accorge che sono inquieto, e gli si apre in volto un sorrisone. "Ah, benvenuto nel club."

"Nel club?"

"Quello dei mutanti accoppiati. Lana è la tua compagna, no?"

Esito. Non l'ho mica marchiata. Però la voglia c'è. Non posso più fingere il contrario. È decisamente la mia compagna. "Già." Che bello ammetterlo. Maledizione però, mi riempie anche di paura.

"Già," ripete Lance con un cenno di assenso alla mia espressione. "Fidati di me, so esattamente come ti senti adesso. Allo stesso tempo felice e fuori di te."

Mi pizzico la punta del naso. "Solo che è... così fragile..."

"Saresti protettivo anche non fosse umana. È presa di mira da un sicario. E comunque avresti lo stesso voglia di chiuderla in un bunker e nasconderla dal mondo."

"Già. A proposito, che informazioni hai sul fratellastro?"

L'umore gioviale scema subito. "Bentley Dupree? Lo stiamo ancora cercando. È furbo. Si è nascosto. Finché non saprà che Lana è morta, scommetto."

"Possiamo sempre farglielo credere." Rafe si avvicina seguito da Deke. Quest'ultimo indossa occhiali scuri da aviatore e sta riavvolgendo una corda. Non ho idea di cosa se ne faccia, e non voglio saperlo. Rafe mi fa un cenno del capo. "Il prossimo passo consiste nel fargli credere che sia morta."

"Come facciamo?"

"Channing e altri stanno cercando di craccare le linee di comunicazione del sicario. Possiamo mandargli un messaggio da parte sua chiedendogli i soldi e dicendo che la missione è stata completata. Così dovrebbe uscire dalla sua tana. E poi lo prendiamo."

"Ok. Bel piano."

"Ottimo, fratello." Lance mi dà una pacca sulla schiena e si sporge per un mezzo abbraccio. Gli do una spallata e una pacca a mia volta, e faccio lo stesso con Rafe.

"Grazie, fratello." Faccio a Deke il saluto militare con le dita, e lui mi fa un cenno del capo.

"E dovrete venire a trovarci presto," aggiunge Rafe. "Adele e le signore vogliono conoscerla. Possono parlarle, aiutarla ad acclimatarsi più velocemente all'accoppiamento."

"Bene. Probabilmente le farà piacere."

"Ne avrà bisogno," fa Lance. "Le nostre compagne sono cazzute, ma è fuori discussione che prendersi un'umana per compagna comporti delle complicazioni."

"Per usare un eufemismo, cazzo," borbotta Deke.

"Gli esseri umani complicano tutto." Lance fa spallucce. "Però ne vale la pena. Ce l'hai fatta." Con un'ultima pacca alla schiena, Rafe e gli altri montano sui veicoli e se ne vanno.

Alzo la mano per salutarli. Lance, Deke e Rafe si sono presi compagne umane, e per loro ha funzionato. Hanno fiducia. Ma non sanno che io ci sono già passato.

Tiffany era umana. E mi tradì.

Lana non è Tiffany. Con Tiffany non mi ero mai sentito così.

L'orso è soddisfatto di riconoscere in Lana la mia compagna. Posso esserlo anch'io.

* * *

Lana

Un'ora dopo, sono riuscita a creare una gonna dal paio di jeans che mi è stato donato. Hutch si curva sulla mia spalla mentre fisso il tessuto con gli spilli e gli do indicazioni.

"Posso farti una domanda personale?" gli chiedo con gli aghi in bocca, e aspetto che annuisca con una scrollata di spalle. "Dov'è vostra madre?"

"La mamma? Ah, lei sta bene. Adesso ha un posticino tutto suo, per la privacy. È in letargo."

"In letargo?"

"Qualche giorno dopo il nostro diciottesimo compleanno disse di volerci bene, certo, ma che dopo aver cresciuto sette maschi, otto se si conta Everest, aveva bisogno di una pausa. Da allora dorme."

"Oh, wow." Sembra carino, in realtà. Non mi dispiacerebbe poter andare in letargo ogni tanto. "Ma scusa, non conteresti Everest come suo figlio?"

"Non lo adottò sul serio. Un giorno vagava per il bosco e si sedette a mangiare al nostro tavolo da picnic. È fatto così. Arriva quando vuole, e quando sparisce è introvabile. Ma fa comunque parte della famiglia."

"Famiglia..." mormoro. Adoro la loro famiglia. La mia era diversissima.

"Ehi, state finendo?" ci urla Canyon dalla cucina. "Teddy ha scritto che sta arrivando. Ho preparato la griglia e mi serve aiuto. Sarà meglio cenare adesso, se vogliamo arrivare in tempo all'assemblea."

"Arrivo." Scosto la nuova gonna di jeans dalla macchina da cucire e la sollevo. "Dammi solo un secondo per cambiarmi."

Stavolta invece di osservare la perfetta coreografia della preparazione della cena, ne faccio parte. Io e due dei fratelli Bad Bear lavoriamo in sincronia: tagliamo le verdure e mettiamo il salmone sulla griglia. Con Hutch corro dalla cucina ai tavoli per portarci piatti, posate e tovaglioli.

Per primi arrivano Matthias e Bern. Il gemello dark mi frega una pesante pila di piatti dalle braccia per trasferirli ai posti giusti.

"Tu dovresti riposare." Matthias mi lancia un'occhiatina.

"Ho fatto un pisolino," dico io. "Sto bene, giuro."

"Ehi, Lana, siediti qui," mi dice Canyon agitando il bracco. "Accanto a me e Teddy."

Lo guardo raggiante e prendo posto. È come avere quattro nuovi fratelli. Un'intera famiglia nuova.

Attenta, mi avverte una vocina interiore. *Magari non dura.* Ma la scaccio. Devo essere ottimista.

Matthias controlla il telefono e lo mette in tasca. "Sta arrivando Teddy. Dice di cominciare senza di lui."

"Sarà meglio che si muova," fa Canyon. "Altrimenti non avrà tempo di cenare prima dell'assemblea."

"E poi Everest si sbaferà tutto il suo salmone." Bern infila le pinze nell'insalata e mi serve.

"Everest viene?" Mi entusiasmo subito. "Volevo proprio conoscerlo. In forma umana, intendo."

"È fantastico." Hutch mi posa vicino un cestino del pane. "Silenziosissimo. Un po' timido. Viene all'assemblea con noi. Con lui e Teddy sarai assolutamente al sicuro, Lana."

"E noi?" protesta Canyon.

"E con noi. Ti faremo la guardia."

Matthias posa la forchetta. "Vieni all'assemblea?"

"Verrei con piacere," faccio io, "se secondo Teddy non c'è pericolo."

Canyon mi dà una gomitata. "Ecco Everest."

Un'ombra piomba sul tavolo. Mi schermo gli occhi per guardare il sole al tramonto e il gigante che lo oscura.

È una montagna d'uomo dalla pelle abbronzata e un barbone tale da fare invidia a quello di Teddy. Mi fa un solenne cenno del capo e solleva una mano, e noto subito una certa somiglianza con l'enorme orso polare che mi salutava timidamente dietro agli alveari.

Il rabbioso rombo di un motore fa spiccare il volo a uno stormo di uccellini dagli alberi. Una nera moto sporca sfreccia fino a noi e frena di colpo. Uno schizzo di terra bagna il fianco della baita. Il motociclista si leva il casco e dedica qualche secondo a pettinarsi i capelli neri alla moicana, prima di venire a grandi passi ai tavoli.

"E lui è Axel." È Matthias a presentarmi l'ultimo dei Bad Bear. "Credo che tu abbia incontrato anche lui, da orso."

"Era l'orso bruno della cucina," mormora Hutch.

"Ah," dico io, e mi raddrizzo bene. "Piacere, Lana."

Axel si toglie la giacca di pelle, svelando due intere maniche di tatuaggi. È alto come i ragazzini, ma più robusto. Con la fronte alta e le labbra piene, sembra un James Dean un po' incurvato, se il giovane bruciato fosse stato interpretato da Daniel Henney. "Ehi." Alza il mento per salutarmi e fa per sedersi accanto a me.

"No, bello. È il posto di Teddy," fa Hutch. Canyon tende le braccia per impedirgli di accomodarsi.

"Lana è la sua ragazza," spiega Bern.

"Ah sì?" Axel mi osserva sonnolento, e va a passo

felpato all'altro capo del tavolo, accanto a Everest. "Un'altra umana?"

Ha detto... *un'altra?*

Sulla tavola piomba il silenzio. Il mio boccone di pesce si secca. Uscire con le umane è vietato?

"Che intendi con *un'altra?*" domando, ma non risponde nessuno.

"La migliore che ci sia," mi difende Hutch.

"Non fare il maleducato," mormora Matthias ad Axel, che si stringe nelle spalle.

"Scusa."

"Non fa niente. Sono umana, d'altronde." Faccio spallucce anch'io.

"Va bene così. Non puoi farci niente," dice Bern, senza farmi minimamente sentire meglio.

"Le sono venute delle idee per salvare la montagna," interviene Hutch.

"Ah sì?" Matthias mi guarda al di sopra degli occhiali.

Deglutisco rapidamente il salmone. "Ehm, ne ho un paio, ma ci sto ancora lavorando."

"Sarà una sorpresa," mi salva Canyon. "Io e Hutch l'aiuteremo a presentarle."

"Bene," ci incoraggia Matthias.

Chino lo sguardo sul piatto. Lo spero proprio. Non voglio deludere nessuno.

A parte il clangore dei piatti e qualche mormorio della serie *mi passi il sale*, i minuti che seguono sono silenziosi: i fratelli Bad Bear si concentrano sulla cena. Il salmone, l'insalata e intere pagnotte di pane spariscono alla stessa velocità con cui Hutch e Canyon li rimpiazzano. Io sbocconcello. Il commento di Axel mi ricorda quanto poco so della cultura mutante. Si tratta di un segreto da custodire gelosamente. Teddy e Matthias l'hanno chiarito bene.

Ovvio che le relazioni fra umani e mutanti siano rare. Quando Matthias mi ha parlato di alcuni mutanti con compagne umane mi ha dato speranza, ma rischio di essermi entusiasmata troppo presto.

E se non fossi la compagna di Teddy? E se esistesse una mutante per lui?

E se fossi davvero la sua compagna, riusciremmo a farla funzionare? O il mio stato di essere umano aprirebbe una spaccatura che andrebbe a crescere e allontanarci?

Quanto vorrei che adesso Teddy fosse qui... con lui non penso. Non mi stresso. Sento e basta. Posso essere me stessa, e io basto.

Il suo profumo mi colpisce prima ancora della voce. "Ecco la mia ragazza."

Teddy. Mi giro, sollevata, e chiudo gli occhi quando mi bacia sulla fronte. "I brutti orsi cattivi ti stanno trattando bene?"

"Sì." Mi sollevo per dargli un bacio vero.

"Sei in ritardo." Hutch infilza una bistecca di salmone e la schiaccia fra due pezzi di pane, che poi gli porge. "Mangia. Dobbiamo partire se vogliamo arrivare in tempo all'assemblea."

Teddy si butta sul panino. "Sei proprio carina," mi dice fra un morso e l'altro.

"Grazie," gli dico lisciandomi tutta. Mi sporgo indietro per mostrargli la nuova gonna di jeans e la sua maglietta a mezze maniche, che ho variato per farmi cadere lo scollo giù per una spalla.

"Voleva vestiti nuovi per l'assemblea," dice Hutch.

A Teddy va di traverso un boccone. "No, tesoro," dice. "Non sarai al sicuro."

"Perché?" chiede Canyon. "Il sicario è in fondo a un burrone. Se torna in vita come zombi, lo facciamo fuori di nuovo." Scaglia il pugno in aria, che Bern schiva per fregare l'ultimo pezzo di pane.

In fondo alla tavolata, Everest alza la mano e fa schioccare le nocche del pugno enorme. Sembra il rumore di spari in lontananza.

"Visto?" Canyon indica il più grosso dei fratelli. "A Everest farebbe molto piacere un altro scontro col sicario. È pronto."

"Cos'ha detto il branco Black Wolf della situazione?" domanda Matthias.

"Stanno craccando i codici di comunicazione del sicario per mandare un messaggio al fratellastro di Lana," risponde. "Quello che ha assunto il sicario. Per cercare di farlo uscire allo scoperto."

"Quindi si può fare," ribatte Canyon. "È solo una vecchia assemblea di paese. Non ci sarà quasi nessuno. Ma noi sì. Sarà assolutamente al sicuro."

"È il momento migliore di portarcela," aggiunge Hutch. "Il fratello non ha ancora capito che è viva."

Mi rendo conto di giocare col collo della mia nuova maglietta, e lascio ricadere la mano. "Secondo voi cosa farà quando scoprirà che non sono morta?"

"Non importa. Ce ne occupiamo noi."

"Il che mi ricorda una delle idee che mi sono venute per raccogliere fondi per la montagna. Lana, non te l'ho detto prima perché pensavo fosse un segreto, ma adesso sei della famiglia." Canyon aspetta di aver catturato l'attenzione di tutti, poi annuncia, "Immaginatevelo: sicari orsi mutanti."

"Oh sì, cavolo." Bern batte il pugno sul tavolo.

"Evvai," borbotta Axel a bocca piena. Everest fa schioccare di nuovo le nocche.

"No," dicono all'unisono Teddy e Matthias. "Non ve lo sognate neanche."

"Oh, ma dai..." si lagnano i tre gemelli. "Sarebbe una figata. Possiamo affinare le nostre doti di combattenti."

"Bern può migliorare come pilota di elicotteri," dice Hutch. L'interessato fa un cenno della testa tanto vigoroso che i capelli gli ricadono davanti alla faccia.

"Pensateci," insiste Canyon.

"Non dobbiamo pensare a niente," dice Teddy. "Se lascio fare a voi il lavoro sporco, la mamma mi ammazza."

Canyon risprofonda a sedere. "La mamma è in letargo. Non serve che lo sappia."

Mi mordo il labbro per trattenere un sorriso.

"Sparecchiamo, dai." Teddy fa ruotare il dito sui resti della cena. Il panino è sparito. "Dobbiamo andare."

"Allora aspetta." Canyon risalta su. "Lasciamo qui Lana?"

Esita. "Resto io con lei."

"Quando ho parlato con Daisy, ho avuto l'impressione che il paese sia diviso sul piano di Darius," fa Matthias. "Circa a metà. Probabilmente saranno pochi i voti decisivi."

"Ogni voto conta," dice Hutch. "Dobbiamo andare tutti. È l'ultima occasione che abbiamo di salvare la montagna."

Faccio sporgere il labbro inferiore in un broncetto. "Per favore..."

Teddy si massaggia la fronte.

Deglutisco. "Vabbè. Non fa niente." Agguanto un cestino vuoto del pane e mi fiondo nella baita.

"Lana... Lana, aspetta." Mi raggiunge prima che riesca a entrare e mi blocca la porta. Gli altri ci superano rapidi mentre sparecchiano. Tengo il volto chino per nascondere le lacrime.

"Dai." Teddy mi porta a lato della baita per avere un po' di privacy. "Devo tenerti al sicuro."

"Sarò al sicuro. Ci sarete voi. Credi che qui da sola sarò

meno in pericolo? E non dire che lascerai qualcuno con me. Dovete andare tutti."

Ringhia. "Assemblea di merda…"

"È importante. Per te. So di essere un peso…"

"Cazzo, Lana, no che non sei un peso. Non intendevo questo."

"Lo so. Lo so che non è l'ideale. Volevo solo a-aiutarvi." Mi si mozza la voce.

"Vieni qui." Prende il cestino che ho ancora in mano, lo getta via e mi stringe fra le braccia.

Mi schiaccio contro di lui, grata del gesto. "Mi avete aiutata tantissimo, e adesso posso ricambiare. È una cosa importante per voi, e voglio farne parte. È bello fare parte di qualcosa."

Mi stringe forte borbottando una parolaccia.

"Siete una famiglia meravigliosa. Proprio come dovrebbe essere una famiglia. O almeno per come la vedo io. La mia non è mai stata così, malgrado lo volessi tanto."

"Tesoro… mi dispiace."

"Non fa niente."

"No invece." Mi molla per prendermi il viso nelle mani. "Sei una tipetta dolce e solare, e non sei stata trattata come meritavi. Mi dispiace che i tuoi siano morti e che tuo fratello gareggi come stronzo omicida del secolo."

"Grazie."

"Meriti la famiglia dei tuoi sogni."

"Credo di averla trovata, sai," gli mormoro contro alle labbra, e lui inclina il capo per baciarmi. Le sue manone mi scivolano sul culo. Mi ritrovo sospesa da terra, a cavallo della sua coscia. Gli avvolgo le gambe attorno ai fianchi e lascio che mi saccheggi la bocca.

Mi ribollono e formicolano i capezzoli quando gli si schiacciano contro al petto.

"Ne sei sicura?" domanda quando ci separiamo per prendere fiato. Mi mette giù, e io mi butto le trecce sulla schiena. "Ce la fai a sopportare i miei fratelli per stare con me?"

"Mi piacciono i tuoi fratelli."

"Solo a te." Mi guarda in faccia e aggiunge, "Scherzo. Piacciono anche a me. Soprattutto Everest. Non mi rimbambisce di chiacchiere. Solo che non capisco perché, con tutti i posti che ci sono su questa montagna, abbia costruito gli alveari da me."

"Sospetto per la stessa ragione per cui Axel tiene le salsicce nel tuo frigo e i Terribili tre continuano a seccarti con le cornamuse. Gli piaci. Sono la tua famiglia. Vogliono starti vicino. Così fanno le famiglie." Cazzo, adesso piango di nuovo. Di colpo mi commuovo al pensiero di farne parte anch'io, e mi sento triste perché, malgrado i miei sforzi, né Bentley né i miei hanno mai voluto avere a che fare con me. Batto rapidamente le ciglia.

"Tesoro." Teddy mi stringe di nuovo fra le braccia. "Mi dispiace. La pianterò di lamentarmi di loro. Adoro i miei fratelli... è che mi fanno dare i numeri."

"A quel che so io, anche questo è tipico delle famiglie." Lo stringo ancora più forte. "Gli abbracci da vichingo migliorano tutto." Mi fanno male i seni dalla voglia che ho di strusciarmi contro al suo petto duro. Invece mi scosto e liscio la maglia risistemando lo scollo a barchetta. "Però andiamo all'assemblea."

Geme. "Vorrei portarti in una baita isolata e tenerti lì una settimana."

"Che bello..."

"Stasera caccio i gemelli di casa, così resteremo soli."

"Ok," bisbiglio. "Basta che ai gemelli vada bene."

"Non avranno scelta."

"Ok," dice una voca soffocata. Mi volto, ma non vedo chi ha parlato. Sopra alle nostre teste, raschia una finestra e fa capolino Hutch. "Per qualche notte possiamo anche dormire nel bosco."

Trasalisco e mi aggrappo a Teddy, che mi tira a sé e tuona, "È una conversazione privata!"

"Siamo mutanti, ricordi?" Dietro ad Hutch, adesso si sente la voce soffocata di Canyon. "Vi sentiamo benissimo."

"Davvero?" chiedo a Teddy muovendo solo le labbra.

Annuisce, stanco. "Visto perché ti voglio tutta per me?"

Sopra le nostre teste scoppia una discussione. Hutch sparisce e sbuca la testa di Bern. "Ehi, Lana, mi è venuta un'idea. Tieni." Mi butta giù una felpa nera con cappuccio. "Può mettersi questa. Niente rosa." Fa un gesto a me. "Copriti i capelli." Quando l'ho fatto, annuisce tutto contento. "Ora sì che sei bella camuffata."

"Visto?" Canyon schiaccia la faccia accanto a quella di Bern. "Adesso è travestita. Non la riconoscerà nessuno."

"Non riprenderanno la presentazione," aggiunge Hutch. "Non verrà trasmessa da nessuna parte. E Daisy fa spegnere tutti i telefoni all'inizio delle assemblee."

Teddy incrocia le grosse braccia sul petto. "Continua a non piacermi."

"Ti prego, Teddy." Mi piazzo davanti levando le ciglia su di lui. "Nell'istante in cui mi credessi in pericolo, potresti portarmi fuori. Ti seguirò."

"Resta vicina a me."

"Sì." Sopra di noi, alla finestra, i gemelli hanno trovato il modo di far sbucare tutte e tre le teste dalla cornice. Siamo tutti in attesa, tratteniamo il respiro.

Teddy grugnisce, "Ok."

"Evviva!" Batto le mani. "Voi siete pronti?"

"Cavoli, certo," intonano i tre.

"Hai appena chiesto se gli orsi cagano nei boschi?" aggiunge Canyon.

Inclino il capo per guardarlo con le sopracciglia sollevate.

"Ovvio che caghiamo nei boschi," conferma Hutch. Accanto a lui, Bern annuisce. "Eccome."

Capitolo undici

*T*eddy

Prendo Lana per mano e la riporto ai tavoli. Hanno tutti fatto la loro parte, e le tracce della cena sono sparite.

Lana fischia. "Certo che vostra madre vi ha addestrati bene, eh."

"Già." Faccio il saluto militare con due dita a Matthias ed Everest, che sono scomparsi nel bosco. Lana fa per seguirli, ma la blocco. "Da questa parte, piccolina."

Mi trotterella accanto arricciando il naso. "Non scendiamo a piedi?"

"No." Vado al capanno superando Alex, che sta avviando la moto da cross. Ci fa un cenno col capo e sfreccia via; trovo le tracce che cercavo, e le seguiamo dietro alla baita, dove ci aspetta un quad coperto da un'incerata. La scosto. "Scendiamo con questo. Non è messo male."

"Dici?" È scettica. Il quad è un aggeggio alla Frankenstein dalle enormi ruote schizzate di fango, una scocca di protezione, un sedile e altre parti cannibalizzate da un un'auto da golf.

La incoraggio a sedersi con un bacio sulle labbra. "Ce la fai a reggerti, piccolina?"

"Certo."

Non posso guidare e tenerla per mano, ma la seduta è abbastanza piccola e la strada secondaria abbastanza accidentata perché scivoli in qua per aggrapparsi a me. L'orso approva. Vuole tenerle continuamente le zampe addosso. Vuole anche che faccia dietrofront per trovare una grotta sicura dove starcene nascosti per i prossimi dieci anni. Non aiuta che io la trovi una buona idea.

Compromesso.

"Tutto bene?" Mi ha posato la mano sul ginocchio. Sono rigido.

Annuisco, incapace di trovare le parole per risponderle. Mentre scendiamo, scruto la strada in cerca di pericoli. Ogni rumore e ogni fruscio di foglia mi fanno sudare.

Lana deve percepire tanta tensione, perché domanda, "Ti preoccupa Darius?"

"Un po'."

Mi massaggia il ginocchio. "Andrà bene. L'assemblea, dico."

Le prendo la mano per baciarne il palmo. "Sì. Grazie, piccolina. Dopo quest'uscita però sarà meglio volare basso," dico con fermezza.

"Sono d'accordo. Ma... per quanto? Malgrado la prospettiva di rintanarmi da qualche parte con te per un mese non mi dispiaccia affatto, prima o poi dovrò far sapere ai dipendenti dove sono e quando tornerò dalle ferie."

Vero. Lana non è un vichingo eremita come me. È famosa e gestisce un'azienda. "Ci penseremo." L'ennesimo compromesso che non piacerà all'orso. *Gli esseri umani complicano le cose, ma ciò non significa che non possa funzionare.*

Ammutolisce. "Credi che i tuoi amici riusciranno a fermare Bentley?"

Fermo il quad per prenderle il viso nelle mani. La bacio come volessi marchiarle la bocca. "Non si fermeranno finché non ci saranno riusciti. Non permetterò a nessuno di farti del male. Te lo giuro. Ti proteggerò da lui e da chiunque altro. Non sei sola."

* * *

Lana

Due secondi ancora e rischio di perdere la calma e chiedergli di riportarmi indietro e fare l'amore con me finché non avremo dimenticato il paese, suo fratello e il mio. Ma non sarebbe giusto. Teddy mi ha aiutata moltissimo. Ora tocca a me.

"Grazie." Mi placo. "Dai, andiamo."

Sta per ingranare la marcia, quando alla nostra destra, fra gli alberi, si sentono urla e schiamazzi. Mi schiaccio contro Teddy, ma sono solo i gemelli trigemini. Sono sbucati dal bosco per superarci dando uno schiaffo all'auto da golf.

"Cretini," borbotta Teddy, ma col sorriso nella voce.

"Io li trovo dolci."

Grugnisce e gira il capo. "Levati di torno, Canyon!" grida.

L'adolescente a petto nudo è aggrappato al retro del quad. Ride della grossa, e oscilla sulla barra di sicurezza, da cui poi salta giù. Il sole sta tramontando, e alla fioca luce due figure in kilt e una vestita completamente di nero schizzano via zigzagando sulla strada verso il paese.

Sullo sfondo del tramonto, il paesino è più carino di una cartolina. C'è un solo stradone ad attraversarne il centro, costeggiato da marciapiedi e stabili vecchio stampo che non vengono ristrutturati dall'Ottocento. Non ci sono semafori, ma la cima nera è nuova e carina. Probabilmente pagata con l'obbligazione.

Superiamo un bar in stile saloon con una grossa insegna di legno che ne proclama il nome: *Il secchio bucato*. Sembra proprio il set della sparatoria di un western. C'è persino un polveroso serbatoio per l'acqua vicino alla lunga ringhiera di ferro – il posto perfetto per legare i cavalli.

Dall'altra parte della strada c'è l'*Emporio*, un posticino con davanti un portico coperto pieno di sedie a dondolo. Come il *Secchio bucato*, l'insegna di quest'ultimo ha un'aria antica.

"Adorabile... perché non mi hai mai detto che il paese è così? È veramente pittoresco. Per forza mia mamma l'adorava."

Teddy fa spallucce. "L'*Emporio* era una fermata del Pony Express. Viene ancora gestito da una discendente della famiglia originale. Non è cambiato molto qui."

"Ma dai..." Il paese ha qualche tocco moderno, ma per il resto sembra che il tempo si sia fermato. Sarebbe un ottimo set cinematografico. E allora mi viene un'idea...

Poi superiamo qualche grande campo che porta a una collina dall'ampia cengia di pietra protesa sul fianco, come un palco. "Cos'è?" E la indico.

"Ha voluto farlo costruire Daisy. Pensava alle commedie di Shakespeare recitate all'aperto, come a Central Park. Lo abbiamo costruito, e la sera dello spetta-colo c'è stata una tempesta assurda e abbiamo dovuto spostarci al coperto. Fine."

"Mmm." Il palco non è enorme, ma c'è parecchio spazio nei campi circostanti. Ho parlato coi tre gemelli di modi per raccogliere fondi e chiedere donazioni, adesso però mi stanno venendo altre idee. Mi rendo conto di essere in via di guarigione perché il cervello è tornato rapido e operativo.

L'assemblea si tiene in un antico stabile di mattoni d'argilla che Teddy mi dice essere stato una scuola, prima che venisse riconvertito in centro di ricreativo. Ha un lungo salone pieno di sedie che danno su un palco. Sotto all'odore di detergenti, lo stabile sa di vecchio.

Teddy mi guida all'interno tenendomi una mano sulle reni, facendo un cenno del capo alle persone che superiamo. Lo riconoscono tutti, e mi osservano con curiosità. Vorrei salutarli, ma ho il cappuccio sui capelli e metà faccia. Sono venuta travestita, quindi lascio che Teddy mi spinga sul davanti.

I fratelli Bad Bear hanno occupato la prima fila. Everest è a un capo, straboccante dalla sedia, che scricchiola sotto alla sua massiccia stazza. Persino Matthias e i ragazzi allampanati sembrano seduti a posti riservati ai bambini. Mi ritrovo fra orsi mutanti da così tanto che gli oggetti a misura di essere umano sembrano minuscoli.

Teddy scende cauto sulla sedia e mi cinge col braccio. Dall'altra parte, sulla destra in fondo al palco, c'è Darius, in piedi con giacca e cravatta. Fa un cenno della testa a Teddy e l'occhiolino a me.

A Teddy rimbomba un ringhio in petto. Mi sporgo su di lui per mettergli una mano sul ginocchio e distrarlo. "Grazie di avermi lasciata venire."

Mi copre la mano con la sua, ma la tensione alle spalle non scema neanche un po'.

Canyon è alla mia sinistra. "Ecco la sindaca." Indica la signora dai capelli bianchi che sale lentamente sul palco.

"Daisy, giusto?" gli sussurro.

"Sì." Gli scappa una risatina. "Le dona, no?"

Indossa un abito coi fiorellini e una grande fascia con

applicati dei fiori finti. Sembra che le germoglino margherite – *daisy*, appunto – dalla testa. Ai piedi ha infradito con la zeppa con una singola e grossa margherita incollata in cima. Che bella questa passione per il tema!

Daisy si trascina sul podio. Barcolla un po' quando sale sulla piattaforma che l'aiuterà ad arrivare al microfono. Trattengo il fiato, però ce la fa.

Quando ha finito di aggiustare il microfono, la stanza ormai si è chetata.

"Benvenuti all'assemblea di emergenza. Come sapete, ci troviamo in un piccolo caos."

"Che eufemismo," urlano dal fondo.

Daisy china il naso in direzione dell'uomo col polveroso cappello da cow boy che l'ha interrotta "Ti ho sentito, Abraham Benson. Vedo che non sei cambiato da quando alle medie ti insegnavo matematica. Tua madre non ti ha insegnato a toglierti il cappello davanti agli altri?"

"Sì, scusi," mormora levandoselo.

"Quello è Abe," bisbiglia Canyon. "Il proprietario del *Secchio bucato*. Solo Daisy lo chiama Abraham."

"Faceva l'insegnante?" sussurro.

"Ha insegnato matematica in seconda media per trent'anni. Fosse un'orsa, sarebbe ancora in letargo."

Daisy sta ancora parlando con Abe. "Grazie di essertelo tolto. E se cominciano a volare palline di carta, sappi che lo so che sei tu."

Abe si appoggia allo schienale della sedia con un cigolio. "Mi beccava sempre," borbotta a quelli che lo attorniano, che annuiscono compassionevoli.

"Come dicevo, ci troviamo nei guai col denaro. Per fortuna è venuto il signor Medvedev ad aiutarci. Lo conoscete come Darius dei 'Gemelli terribili'."

Mi giro verso Teddy. "Gemelli terribili," gli dico muovendo solo la bocca. Teddy leva gli occhi al cielo.

"Ah, sì," fa Canyon tutto contento. "Teddy e Darius sono stati i veri brutti e cattivi dei Bad Bears."

"Ssh," fa Hutch.

Sul palco, Daisy è passata a descrivere questo 'caos' come una situazione difficile, e presenta Darius come amministratore delegato della *Imprese Medvedev*. Pare che l'azienda abbia concluso con successo progetti immobiliari ad Albuquerque e Santa Fe investendo in zone caratterizzate da penuria di alloggi e negozi di alimentari per sostituire deserti alimentari con edifici dall'utilizzo composito che contengono negozi, case a schiera, marciapiedi e panorami creati con gusto per indurre la gente ad andarci a vivere felice e contenta per l'eternità.

O almeno secondo Daisy, che pare leggere dalla brochure della *Imprese Medvedev*. Più smania per Darius, più s'irrigidiscono i muscoli delle cosce di Teddy.

"Vi prego di dare il benvenuto a Darius Medvedev," termina poi, e il pubblico applaude educatamente.

Darius sale sul palco con un sorriso da politico. Si è tolto la giacca e sbottonato il colletto della camicia, bilanciando l'aria viscida da amministratore delegato con un look più rilassato e terra terra. Dà due baci sulle guance alla sindaca e l'aiuta a scendere i gradini per tornare a sedersi, prima di saltellare al microfono.

"Salve, bravi cittadini di Bad Bear. Innanzitutto, vorrei fare una confessione," dice. "Rubai io le mutande dal filo stendibiancheria del vecchio Luther per poi appenderle al pennone, al terzo anno delle superiori."

"Lo sapevo!" stride un uomo curvo sul fondo, presumibilmente il vecchio Luther.

Da seduta, Daisy agita il ditino contro Darius.

Darius china il capo in finta vergogna, facendosi ricadere i capelli in volto, ora con l'aria di un ragazzo di dieci anni più giovane. "All'*Emporio* ho un debito con su scritto il suo nome, signor Luther."

"Va bene," si arrende il vecchietto.

Il sorriso gli scivola via dal volto. "Ma devo scusarmi sul serio. Quando ho proposto alla giunta l'idea dell'obbligazione, pensavo fosse la risposta ai nostri problemi. Ed è stata colpa mia se il fondo investì in noi. Sono andato a New York a parlare personalmente con gli Adalwulf. Sono gente fantastica, un'azienda di famiglia, ma fanno affari, e hanno bisogno di ritorni sugli investimenti come chiunque altro. Per fortuna però," dice alzando la voce, "sono disposti a darci un altro po' di tempo per risanare i debiti. Soprattutto perché gli ho mostrato tutti i vantaggi che avrebbero a costruire alloggi e negozi d'alta qualità che sottolineino la bellezza della montagna."

E si lancia nella tiritera. Il discorso è chiaro e vistoso. Con l'aiuto di macchinisti, che sembrano adolescenti reclutati dalla classe di teatro della scuola, installa qualche tripode. Ciascuno mostra un cartellone che ne illustri il progetto. Non c'è molto di scritto, ma molte foto di persone felici sedute su panchine o che portano a passeggio il cane, il tutto davanti a case erette sullo sfondo della cima del monte Bad Bear. Pare che lo sviluppo immobiliare risolverà il problema dei debiti del paese, sarà a emissioni di carbonio nette pari allo zero e probabilmente abbasserà anche i tassi di cancro e malattie cardiache.

"Ma ci cascheranno?" sussurro a Canyon, che fa spallucce.

"Non sembra niente male."

Certo, non sembra male. Ma quali infrastrutture ci vorranno per così tante case nuove? E se l'afflusso di altre persone porterà altri negozi, arriveranno le catene a scacciare i pittoreschi negozietti del posto?

Mi mordo il labbro. Non ho intenzione di dire nulla finché non mi sarà dato il permesso.

Si scopre però che il ruolo dell'avvocato del diavolo se l'è preso Teddy.

Darius distoglie gli occhi dalla presentazione, apre le mani e chiede, "Domande?"

Teddy si alza, i pollici infilati nei jeans. "Qualcuna, sì."

"Accomodati." Darius agita una mano, come a invitarlo su. Ha un bel sorrisone in faccia, ma il gesto è un tantino sarcastico.

Teddy vede il bluff del gemello e salta sul palco con un sorriso tutto denti. "Non ti spiace, no?" Gli frega il microfono e lo spintona via con la spalla. "Io sono Teddy," dice, e quando gli giungono un paio di strilli di rimando, non batte ciglio. "Mi piacerebbe ricordarvi quel che ha detto Darius all'inizio dell'assemblea. Ha contribuito a infilarci in questo casino. E temo che non possiamo tirarcene fuori facendo affidamento su di lui."

* * *

Teddy

Un mare di volti mi fissa dal basso, quando mi schermo gli occhi. Le luci del palco sono al massimo. Scommetto che Darius voleva la ribalta tutta per sé. Alle superiori i drammi gli piacevano un sacco.

Se vuole il teatro, glielo darò. Stasera lo distruggo. L'ultimo scontro è finito in pareggio, ma vediamo chi rimane in piedi stavolta.

Mi schiarisco la gola e continuo. "Sì, la presentazione è bella. Così come lo era l'idea che un'obbligazione avrebbe risolto tutti i nostri problemi. Chiedetevi se uno tanto vicino a un fondo di speculazione possa avere a cuore i nostri migliori interessi."

"Non ha tutti i torti," dice il vecchio Luther.

"Neanche un po'," fa Canyon. Darius gli scocca un'occhiataccia.

"Trovo carino il nuovo sviluppo urbano." Cammino avanti e indietro per il palco scuotendo il cartellone delle persone tutte contente davanti alle loro belle casette. "Ma comporterà costi infrastrutturali. Quanto altro dovremo spendere per strade e fogne?" Faccio una pausa per fargli digerire il punto. Devo scomporre la cosa in modo che capiscano tutti. "Non sto dicendo che sia impossibile. Molte periferie si sono trovate davanti problemi del genere, e per pagare costruzioni del passato hanno venduto dei terreni. Il risultato? Espansione costante e altri debiti. Esatto, gente: altri debiti. Nuove case hanno bisogno di nuove infrastrutture, e dovremo pagarle. Per pagarle, dovremo emettere un'altra obbligazione. Ci ritroveremo incastrati nella stessa situazione."

"Vero," urlano dal fondo.

Darius si asciuga il sudore dalla fronte. Le luci bollenti al momento non gli sono di nessun aiuto. "I nuovi alloggi comporteranno tasse..."

"Non basteranno," lo interrompo. Che drammatizzi quanto ogni attore abbia mai interpretato Amleto, ma il microfono ce l'ho ancora io. "E chi ci comprerà poi le obbligazioni quando saremo quasi in bancarotta?"

Mi guarda battendo le ciglia. Faccio baluginare le zanne. *Eh già, fratello. Non sei l'unico a saperne di obbligazioni municipali. A me non serve un costoso master in Gestione d'impresa per parlare d'affari.*

"Ho l'assicurazione da parte del fondo che non agirà così. Estenderebbero i termini favorevoli..."

"Allora saremo per sempre in debito con loro." Adesso sono faccia a faccia con lui. È come guardare allo specchio una versione metrosessuale di me stesso, una con gel per capelli e colonia. "Apprezzerei che usassi i tuoi legami col fondo per organizzare un altro incontro. E mandarli a fanculo." Gli tendo il microfono, e lui allunga la mano. All'ultimo, lo lascio cadere.

"Ooh," intona qualche saputello della prima fila. Qualcun altro applaude. Lana. Le faccio un cenno col capo.

"Tocca a te," dico a Darius muovendo solo le labbra.

"Be', io ho sentito abbastanza," dice Abe, il proprietario del *Secchio bucato*, alzandosi e tirandosi su i pantaloni. "E ti chiedo solo che idea hai tu, visto che quella dello sviluppo è tanto brutta." Si volta in un lento cerchio per parlare con tutti coloro che lo circondano. "Teddy ci ha detto tutti i motivi per cui non dovremmo accettare l'offerta di Darius. Ma l'alternativa qual è? Chiudere ogni servizio? Misure di austerità? Questo ci ha proposto il fondo quando abbiamo cominciato a saltare i pagamenti. Prima vogliono il denaro. E non dimenticate che in palio c'è la nuova clinica. Se la fregherà il fondo, e dovremo andare a farci curare fino a Santa Fe."

Incredibile oratoria per uno come Abe. Strizzo gli occhi verso Darius, che mi guarda sollevando le sopracciglia. Pare che abbia già pianificato ogni mossa.

"Io dico di votare per i condomini," dichiara Abe.

Qualche fila più in là, una donna smilza con una canotta di daino si appoggia allo schienale. "Io dico che è ora che te ne torni in Virginia!"

Lana ha arrotondato la bocca in una piccola 'o'. Con l'udito da mutante, colgo la spiegazione mormorata da

Canyon. "Lei è Terri. Proprietaria dell'*Emporio*, di fronte al *Secchio bucato*. Quei due si odiano. È una storia lunga."

Abe si volta verso la donna. "Chiudi il becco, Terri. Il mio bis-bisnonno si trasferì qui prima del tuo! Aveva ogni diritto di stare qui..."

"E quando gli si prosciugò il pozzo rubò l'acqua a noi!" Gli stivali da cowboy di Terri pestano a terra con un forte tonfo. Tra un attimo questi due si urleranno in faccia. La faida ha radici profonde.

Io e Darius ci scambiamo delle occhiate levando gli occhi al cielo. Ha raccolto il microfono, ma quando faccio per prenderlo mi ferma. Baruffiamo, facendo riverberare fischi per il salone. Metà del pubblico rabbrividisce e si copre le orecchie. L'altra metà incoraggia Abe e Terri. È in piedi anche il vecchio Luther; parla a chiunque abbia voglia di ascoltarlo dei malvagi fratelli ladri di mutande, di fondi speculativi e della presidenza Nixon.

Sono tutti su di giri tranne Daisy, che si è tolta l'apparecchio acustico e pare farsi un pisolino. Accanto a lei la nipote, una ragazza di poco più di vent'anni con una fascia coordinata di margherite, cerca di svegliarla.

"Lei ha un'idea!" Hutch salta sul palco e indica Lana, che scuote la testa, però Canyon la tira in piedi. Fra lui e Bern, la spingono sul palco.

"No." Le impedisco di arrivare al podio, ma Darius mi piglia per il braccio.

"Theodore, lasciala fare. Voglio sentire cos'ha da dire."

Gli ringhio contro, ma la distrazione consente ad Hutch di farla scivolare oltre me. Un attimo ed è sul podio accanto a Darius.

"Ciao," gli dice con un sorriso dolce, facendo un gesto verso il microfono. "Posso?"

"Lasciatela parlare," grida Bern. Con un sorriso da

squalo, Darius glielo dà. La gente si rimette a sedere. Abe e Terri litigano ancora chiassosamente, ma Everest si alza dalla fine della fila e va a passi felpati da loro. Non dice nulla per calmarli, ma non gli serve. Incombe minaccioso sui due, che chiudono la bocca e si siedono.

"Salve a tutti. Io sono Lana L... ehm, un'amica di Teddy." Trasalisce e lancia un'occhiata indietro, a me. Le faccio un cenno. Questa è una cosa importante per lei. Vuole aiutarci. Il minimo che possa fare è permetterglielo.

Poi la porterò via da questo palco, in una zona isolata, e la terrò legata al letto finché Bentley non sarà più un pericolo.

"Mi è venuta qualche idea per raccogliere i soldi per saldare l'obbligazione, e anche i debiti. Per sempre." Si schiarisce la gola. "Cominciamo dalle cose importanti. Il fondo speculativo non può costringervi a misure di austerità né impadronirsi di beni senza un ordine del tribunale, quindi avete tempo. E scommetto che preferirebbero negoziare con voi, per riavere il denaro."

"Come facciamo a saldare?" urla Abe. "Non abbiamo soldi."

"In molti modi! Innanzitutto ho visto un bellissimo campo venendo qui. Sta per cominciare un festival musicale, e cercano una sede. Questo posto è esattamente ciò che cerca l'organizzatore. Non ci vorrà molto a convincerli a venire qui."

"E come facciamo?" Questa è Terri, a braccia conserte proprio come Abe.

"Sono amica di Anara," dice semplicemente nominando una famosissima popstar. "Ha cominciato in un paesino come il vostro, e vuole aiutare gli artisti in erba della sua etichetta. Sarà lei l'attrazione principale."

Il nome di Anara ha fatto saltare tutti sulla sedia dall'attenzione.

"Anara mi piace," fa Terri. "Bella musica."

Abe mugugna di disapprovazione. "Quanto ci costerà?"

"Oh, non le pagherete l'esibizione. Investe lei nell'evento. Vi pagherà lo spazio. Il primo anno dovrete investirlo nella costruzione della sede per il concerto, in bagni pubblici, eccetera. Ma non vi costerà troppo. E la cosa sosterrà altri progetti, come festival artistici o altri eventi musicali. Gli artisti potrebbero venire a esibirsi qui invece che al Kit Carson Park di Taos. Forza, Coachella!" Scaglia il pugno in aria. Tanto entusiasmo è contagioso. La gente mormora, prende in considerazione l'idea. "Ci vorrà uno staff, che in parte potrà essere assunto sul posto. Quindi altri posti di lavoro, soprattutto per studenti che alle superiori adorano fare teatro." Fa un sorrisone ai macchinisti, che sembrano pronti a esultare. "E verranno turisti, il che significa movimento per i negozi." Il commento porta Abe e Terri ad accomodarsi al posto con un sorriso soddisfatto. "I partecipanti per la maggior parte non trascorreranno la notte sulla montagna, ma potrebbe esserci un buon giro d'affitti. Il paese potrebbe aprire un sito internet autorizzato a prendere prenotazioni per alloggi e affitti vacanza. Tipo Airbnb, solo che la casa verrà verificata dal paese, che incasserà una quota."

"Il sito potrei farlo io," si offre Hutch. Altri annuiscono. Lana li sta conquistando.

"Ah, sono d'accordo con Darius. Un pochino. Per saldare completamente l'obbligazione, credo che dovrete prendere in considerazione l'idea di costruire degli alloggi. Ma non necessariamente quelli offerti dalla *Imprese Medvedev*. Potreste chiedere delle offerte e concordare che il progetto sia sostenibile e preservi delle zone selvatiche designate. L'impresa edile vincitrice investirebbe in strade e fognature aggiuntive sue. E voi potrete cambiare gli statuti del paese perché quest'ultimo sostenga le aziende locali e scoraggi le catene."

"E i pagamenti della prossima obbligazione?" urla Darius, e abbastanza forte da farsi sentire sopra ai mormorii del pubblico. "Ci servono soldi immediati."

Lana inclina il capo di lato. Le è caduto il cappuccio, e ne sbucano le punte rosa dei capelli. "Esistono tantissimi modi di usare a proprio vantaggio ciò che già si ha per fare più soldi. Per esempio, mio zio Benny cerca location per film. Scommetto che questo posto sarebbe perfetto. Il Nuovo Messico sta diventando velocemente un ottimo luogo dove girare."

"Tutto meraviglioso," fa Daisy. La pronipote l'ha aiutata a salire i gradini. "Dobbiamo sbrigarci. L'estate è dietro l'angolo."

"Chiamo le mie conoscenze!" dice Lana. "Non appena mi riparano il telefono. E posso invitare qui Anara perché dia un'occhiata al posto. Se va tutto bene, ve lo dirà subito. Può girare su Main Street."

Canyon salta sul palco e si sporge verso il microfono. "E... ehm... io conosco una persona che ha un'azienda di moda. Vorrebbe girare degli spot qui, per cominciare." Lui e Lana si scambiano un sorriso.

"Be', così tutti conosceranno Bad Bear," fa Daisy. "Grazie, cara, di spargere la voce."

Lana è raggiante. "La stampa vi adorerà! Fidatevi di me: non avremo problemi a farci conoscere dal mondo."

Avrei dovuto prevederlo, ma ero ipnotizzato dalla brillantezza di Lana. D'un tratto la realtà della sua proposta mi colpisce. Oscillo sui piedi, il respiro che mi esce in folate, come avessi preso un pugno al plesso solare.

Telecamere. Troupe. Paparazzi.

Darius si sporge su di me. "Ma è questa l'idea della tua ragazza? Sei tornato a Tiffany, eh..."

Vengo inondato dal freddo. Ha ragione, ma anche torto.

Non sono tornato a Tiffany.

È molto, molto peggio.

Capitolo dodici

L *ana*

È andata bene. O almeno spero. Parlare in pubblico non è la cosa che preferisco fare in assoluto, ma so creare un bello spettacolino. Mi fanno male le guance da quanto ho sorriso, ma saluto e ringrazio tutti prima di scendere dal podio e porgere il microfono a Daisy.

Mi stringe il braccio passando. "Be', nulla è scritto nella pietra, ma pare che qualche opzione dalla nostra ce l'abbiamo, alla fine. Facciamo un bell'applauso a Lana per le sue idee!" Risuonano tonfi ed esultazioni e qualche applausino pigro proveniente più che altro dal terzetto di gemelli della prima fila, che però mi scalda il cuore.

Mi piomba addosso un'ombra. Teddy. "Di qua." Mi mette una mano sulle reni per guidarmi via. Superiamo Darius, che sogghigna. Lo guardo accigliata.

"È stato fantastico!" Canyon compare accanto a me. "Ce l'hai fatta! Hai salvato il paese! Consoci davvero Anara?"

"Canyon." Teddy ha la voce tesa. "Torna al tuo posto."

Il ragazzo si blocca quando lo vede in faccia. Il pomo d'Adamo saltella, e sparisce.

Gli occhi non mi si sono ancora abituati alla luminosità delle luci del palco, ma Teddy ha una posa tesa. "Teddy? Che c'è?"

"Niente." Ha la voce smozzicata. Mi prende per mano e mi porta dietro le quinte, in una stanza verde piena di ceppi di legno, qualche parrucca e un vecchio pianoforte verticale.

Quando do un'occhiata all'espressione cupa che ha, raggelo tutta. Libero la mano dalla sua presa. "No che non è niente. Sei arrabbiato."

"Ne parliamo dopo."

Sul palco, Daisy chiede al paese di votare la proposta di Darius.

Deglutisco, la mano sul petto. "Devi andare. Per votare."

Gli scappa una parolaccia. "Resta qui. Torno subito. Non andar via, non farti vedere in faccia. E copriti i capelli."

Mi tiro su il cappuccio. C'è qualcosa che proprio non va. "Scusami, non sarei dovuta salire sul palco. Credevo di rendermi utile. È stato tutto così veloce..."

Con un'altra parolaccia, ruota su sé stesso per tirarmi a sé. Mi stringe forte e mi bacia la fronte. "Aspettami qui. Resta al sicuro. Torno subito."

Mi tocco il punto in cui mi ha baciata mentre se ne va. Non è stato un abbraccio da vichingo. È stato un addio.

* * *

Lana

Aspetto nella stanza verde, mordendomi il labbro in attesa che Teddy riappaia, quando entra una ragazza con la fascia a fiori come quella di Daisy.

"Scusi, lei è Lana Langmeyer?"

"Sì?" Se sembro incerta, è perché non so ancora se confessare la mia identità. Probabilmente è per questo che Teddy è arrabbiato. Non sarei dovuta salire sul palco davanti a tutti – è che mi sono fatta prendere.

"Ci speravo proprio! Non sono di qui, perciò non voto, e ho pensato di venire a parlarle qui dietro. Sono un'enorme fan della GoddessWear." Allarga le braccia per mostrare l'abito attillato che le abbraccia le curve e il pancino morbido. È il mio design più popolare.

"Lo vedo. Sta una meraviglia. La lavanda le dona."

"Grazie!" Si tocca i capelli con una smorfia, e si leva la fascia. "So che sta malissimo coi fiori finti. Alla nonna piace vedermi con addosso margherite."

"Io le trovo adorabili. Come si chiama?"

"Maisy. Be', sarebbe Daisy, però mi chiamano tutti Maisy. Perdindirindina," dice portandosi le mani alle guance rosate. "Non riesco a credere di parlare davvero con lei! Non ero sicura di averla riconosciuta, però poi ho guardato Instagram. Sono un'enorme fan della sua azienda."

"Che bello..." Mi sbanda lo stomaco quando mi rendo conto di quel che ha detto. "Ma cos'ha visto su Instagram?"

"Ah!" Solleva il telefono. "Dei post in cui è stata taggata."

Mi schizzano ghiaccioli su per la schiena. Hanno registrato la mia improvvisata. Eccomi lì, sul palco, coi capelli rosa in bella vista. Il commento dice: 'Assemblea di paese, questa qui è uguale a Lana. @GoddessLana, sei tu?' Dato che sono taggata, sono arrivati un sacco di commenti. 'Bella, che bei capelli!' Qualcun altro ha taggato Anara, e adesso i fan commentano. Ci sono già più di mille like.

"Oh no..." Mi stringo il cappuccio attorno ai capelli,

come servisse a qualcosa. "Può cancellarli? Non dovrei neanche essere qui."

"No, mi dispiace. Non l'ho postato io."

"Cazzo." Oscillo su piedi e chiudo gli occhi.

"È un problema? Si sta nascondendo?"

Sembra preoccupata, quindi apro gli occhi e mi sforzo in un sorriso. Mi sento male. "Più o meno. Non è un bene che si sappia che sono qui." O anche solo che sono viva. "C'è per caso un'uscita secondaria?" Mi guardo intorno, ormai pronta a una fuga precipitosa. Non che ci pensi davvero, ovviamente: aspetto Teddy.

"Sì, da quella parte."

"Grazie. Hanno quasi finito di votare?"

"Fatto," dice Teddy dalla porta, e corro da lui. "Dobbiamo andare."

Saluto Maisy con la mano cercando di comportarmi normalmente. "È stato un piacere conoscerla."

"Dai." Teddy mi spinge verso il retro.

Superiamo Darius, che sta accatastando i cartelloni della presentazione contro al muro. "Ciao, Lana." Non mi piace il suo tono di voce.

"Com'è andata?" domando a Teddy. "Ce l'ha fatta?"

"No. La tua presentazione ha funzionato. A sufficienza da convincere la gente che esistono altre possibilità e che non è necessario buttarsi sui progetti di Darius."

Trasalisco. È un bene, no? Sembra preda della voglia di mollare un pugno a qualcosa. "Teddy." Mi aggrappo al suo braccio. "La nipote di Daisy mi ha mostrato il telefono. Mi hanno registrata e messa su Instagram. Mi dispiace tantissimo."

"Non è colpa tua, piccolina." Parte della sua tipica gentilezza scivola nella voce altrimenti tesa. "Si sono fatti sentire quelli dell'esercito: stanno monitorando il tuo nome, e possono eliminare il video."

"C'è la possibilità che il sicario non l'abbia visto?"

"Ci penseremo dopo. Adesso devo portarti in un posto sicuro."

* * *

Il posto sicuro alla fine è l'ennesima baita nel bosco. Stavolta presso una cascata.

"È casa di Matthias. Dovrebbe essere sicura."

Sprofondo sul divano. Teddy cammina avanti e indietro. È stato in silenzio per tutto il tragitto.

Sta succedendo qualcosa di molto grave.

"Qui sarai al sicuro." Va alla porta.

"Dove vai?"

"Devo richiamare i miei e dire a Matthias una cosa."

Mi sollevo torcendomi le mani. "Teddy, per favore, parlami. Sei arrabbiato, si vede."

Si blocca con le mani sul pomello e la testa china.

"Scusa se sono salita sul palco," dico. "Volevo solo aiutarvi."

"Già. Aiutarci." Si massaggia gli occhi. "Avevi detto del piano ad Hutch e Canyon?"

"In parte. Di mio zio Benny e dello spot. L'idea del concerto mi è venuta quando nel quad siamo passati davanti alla sede del festival."

"Ho capito."

"Ho fatto qualcosa di male?"

Non si è ancora voltato a guardarmi. "Non funzionerà."

"Cosa?"

"Sei famosa.

"Non tanto."

"Ti hanno riconosciuta subito. E le idee che hai avuto per raccogliere denaro... comportano comunque un sacco di stampa e nuovo traffico sulla montagna. Tu dovresti essere morta, Lana. Non puoi mica attaccarti al telefono per chiamare gente."

"Cazzo," sussurro. "Non ci avevo pensato."

"No, il problema è che invece ci hai proprio pensato. Hai pensato da umana."

M'irrigidisco.

Prosegue. "Credi davvero che portare quassù stampa e telecamere risolverà i nostri problemi?"

"Penso che possa rivelarsi utile."

"Ti ho confessato un segreto. E la prima cosa che fai è salire sul palco e dire a tutti che dirotterai l'attenzione dei media sulla nostra montagna. Per noi la privacy è la cosa più importante di tutte. Non può uscire una parola su di noi. Dobbiamo nasconderci. Il che significa niente telecamere e niente folle."

Batto rapidamente le ciglia, gli occhi che bruciano. "Posso sistemare tutto," lo imploro. "Dimmi come e lo farò."

"No. Il danno è fatto. Daisy e gli altri non vedono l'ora di portar quassù i turisti. Voi umani siete tutti uguali." Gli si è raggelato il viso. Mi guarda come guarda Darius – come l'avessi tradito. Si rigira verso la porta.

"Dove vai?" La voce si è avventurata nel territorio dello stridulo.

"A prendere una boccata d'aria. Tu resta qui."

Mi si contorce lo stomaco. "Teddy, ti prego..." Non voglio che se ne vada. Non tanto per la mia sicurezza, quanto perché ho la sensazione di perderlo. È proprio arrabbiato.

"Devo capire cosa fare. Non biasimarti, Lana."

"È colpa mia." Batto le palpebre, levando gli occhi al

soffitto per costringere le lacrime a rotolarsene giù da dove sono venute. "Non volevo..."

"Lo so. Forse è stato meglio capirlo subito."

"Cosa intendi?"

"Che non funzionerà. Sei umana. Io un orso mutante. Viviamo mondi diversi."

Mi premo la mano sullo sterno, dove il cuore mi sanguina fuori dal petto.

Avevo finalmente trovato una famiglia. Peccato che io appartenga alla specie sbagliata.

Stavolta, quando apre la porta non lo fermo. Mormora sottovoce qualcosa che suona come, "Non avrei dovuto commettere di nuovo lo stesso errore."

* * *

Teddy

È come muoversi sott'acqua. Ho i sensi ottenebrati, muti. Nel petto l'orso digrigna e ruggisce.

Lo ignoro.

"C'è ancora tempo," dice Matthias. Ci troviamo dietro al quad, fra la cascata e la baita. Ho sempre adorato lo scroscio dell'acqua. È pacifico, musicale. Stasera però non sento nulla.

Quando Tiffany mi tradì, non soffrii così. Ma è solo colpa mia se mi sono fidato di nuovo di un'umana.

"La sanguisuga è ancora in attesa. Puoi portarcela e farle cancellare la memoria." Si ferma, in attesa della mia risposta. Dopo un minuto di silenzio, si schiarisce la gola. "Puoi ancora aiutarla, Teddy. Anche se non ti ricorderà, non significa che dimenticherai tu. Puoi comunque rintracciare il fratellastro e accertarti che non le faccia del male."

"Sì," rantolo. Ma perderà tutti i ricordi del periodo

171

trascorso sulla montagna. Come l'escursione fino alla cima per disperdere le ceneri dei suoi. Non ricorderà che Bentley ha cercato di ucciderla, il che potrebbe essere una benedizione. Ma non ricorderà la montagna Bad Bear né i miei fratelli. Né me.

L'orso urla, cerca di uscire. Per una volta però sono in pieno controllo.

Matthias aspetta paziente. Ricordo anni fa, quando facemmo la stessa identica conversazione. Ero un disastro. Gli urlai contro – in negazione. Ci vollero sia lui sia Darius per calmarmi.

Adesso sono freddo. Ogni emozione è soffocata nelle profondità delle mie viscere, insieme al rabbioso orso. "Se lo facciamo... se le cancelliamo la memoria... mi prometti che non si ritroverà incasinata? Che riuscirà ancora a gestire l'azienda e ad avere una lunga vita?"

"Non ci sono garanzie, ma le probabilità che si riprenda sono buone." Fa una pausa. "Tiffany si sistemò. Ci volle un po', ma dovemmo cancellare più ricordi. Ci vollero mesi. A Lana dobbiamo cancellare solo qualche giorno."

È stato solo qualche giorno? Mi sembra di conoscerla da sempre. Per certi versi è così infatti – l'aspettavo da tutta la vita.

Escluderla dalla mia esistenza sarà come staccarmi a morsi un braccio. Cavolo, tanto vale che mi strappi il cuore, a questo punto.

Ma non ci sono altre vie. Devo tenere al sicuro la mia famiglia. I tre gemelli mi odieranno, ma capiranno. Alla fine.

"Se dobbiamo proprio farlo, meglio agire adesso che aspettare ancora." Il petto mi si stringe mentre il cuore appassisce.

Mi aspetto che Matthias mi dica che sarà una gentilezza, ma non sta ascoltando. Guarda la baita, il cui portone si è aperto con un cigolio. "Lana."

Mi giro.

"Teddy?" La pelle scura è livida. "Cosa state dicendo? Che intendete con *cancellarmi la memoria?*"

Capitolo tredici

L*ana*

Adesso vomito.

Il viso colpevole di Teddy mi si piazza davanti.

Matthias si schiarisce la gola. "Posso spiegare..."

"No." Gli posa una mano sulla spalla. "Le spiego io." Ha la voce di piombo. Sembra avere un milione di anni.

Inspira e poi dice rapido, come strappandosi un cerotto, "Lo fanno i vampiri. Le sanguisughe... i vampiri cioè, sanno eliminare i ricordi. Ricorriamo a loro quando un essere umano scopre di noi e dobbiamo fargli dimenticare tutto. Il vampiro gli elimina i ricordi dei mutanti."

Essere umano.

Mutanti.

Che desolazione di bianco e nero. Credevo che io e Teddy fossimo legati. Credevo fossimo compagni, che fosse il fato. Credevo di aver trovato una famiglia. Ma parla come se lui fosse di una specie e io di un'altra. È peggio di un patrigno ricco e bianco. Molto peggio.

"E tu mi sottoporresti a questo?" domando. "Mi faresti dimenticare di te? Di noi?"

Matthias fa passare lo sguardo da me a Teddy e viceversa. "Vi lascio parlare da soli." Mi fa un cenno del capo e sparisce in casa.

Teddy mi dà ancora le spalle, ora rigide. "Potrebbe essere meglio così."

Mi va di traverso la saliva. "Ah sì? Pensi che sarebbe meglio non fosse mai accaduto? Non avessi mai scoperto chi sei? Non fossimo mai stati insieme?"

Matthias ha parlato di compagni e compagne, facendomi venire la speranza. Ma evidentemente io non sono l'unica per Teddy. Perché adesso vuole buttarmi via come spazzatura.

E io non glielo permetterò. Sollevo il mento. "Ok. Fallo."

"Cosa?" Leva la testa. "Piccolina..."

"No, non chiamarmi più così. Dimenticherò tutto di te, ricordi? Facciamolo." L'aria che ho nei polmoni si è trasformata in pugnali. Ogni respiro è dolore. "Credevo che avessimo qualcosa di bello. Me lo sentivo dentro. Credevo che sarei entrata a far parte della tua famiglia."

"Lana..." Mi posa la mano sul braccio, e me la scuoto di dosso. Basta coccole vichinghe. Se mi cinge, vado in pezzi.

"La sai una cosa, Teddy? Hai ragione tu. Il tuo segreto è troppo importante. Se la cosa ti sarà utile, se terrà al sicuro i tuoi, allora voglio farlo." Mi giro per bussare al portone. "Matthias? Partiamo subito." Inespressivo, perde tempo. Mi sento infinitamente stanca. "Andiamo subito. Mi offro volontaria per la cancellazione. Possiamo fare un salto a prendere lo zaino con le mie cose?"

"Lana." Teddy è al mio fianco.

Levo una mano senza guardarlo. "No, con te non ci parlo più. Non voglio vederti. Se fra noi deve finire, finirà a modo mio." Mi volto verso suo fratello e pronuncio parole che mai avrei pensato di dire. "Portami da questo vampiro."

Matthias mi scruta, e ho la sensazione che in me veda più delle spalle quadrate e le lacrime che mi rigano il viso. "Ne sei sicura?"

"Sì. Però voglio andarci con te, non con lui." Ho dato la schiena a Teddy, chiarendo bene che adesso sto parlando con Matthias. Se c'è qualcuno che deve portarmi a fare la cancellazione, che sia lui.

"Lana," ringhia Teddy. "Non voglio che finisca così."

"Peccato. Hai fatto una scelta, e adesso io faccio la mia." Guardo Matthias, non Teddy. "Adesso andiamo."

Lana

Mi porta giù dalla montagna sul quad. Ci fermiamo alla baita dei gemelli per lo zaino. Pare che a casa non ci sia nessuno, ma per sicurezza Matthias mi lascia sul sedile mentre corre dentro a prendere la mia roba. Io e lui siamo d'accordo: se ai Terribili tre giungesse voce di quello che sto per fare, la situazione si incasinerebbe ulteriormente. Nel migliore dei casi si lamenterebbero. Nel peggiore, mi farebbero rapire da Everest nel tentativo di *salvarmi* dal mio destino. Me ne resto seduta rigida sul quad, aspettandomi urla oltraggiate, addirittura quasi che Hutch e Canyon irrompano fuori gridando a Bern di prendere l'elicottero per farmi scappare.

E invece no. Matthias entra ed esce, torna al mio fianco con lo zaino rosa in mano. Il tessuto luccica al buio, ma la vista non mi rallegra come al solito. Sono completamente svuotata di gioia. Cercare di pensare al lato positivo mi stanca e basta.

Annoiata, mi chiedo come funzioni di preciso la cancellazione della memoria.

Matthias lascia piombare il silenzio fra noi mentre il quad sobbalza fra le scure file di alberi.

Mi costringo ad aprire la bocca per porgli delle domande. "Quanto ci vuole per arrivarci?"

"Qualche ora."

Sprofondo a sedere. Ho solo qualche ora per aggrapparmi ai ricordi di Teddy. A quelli buoni. "Farà male?"

"No."

"Come fai a saperlo? L'hanno fatto anche a te?"

"No, Lana. A me mai. Però non fa male. È come essere ipnotizzati. Sarà come addormentarsi."

Ci sta. Se mi addormenterò tutto ciò che avrò vissuto sarà come un sogno. Mi sveglierò riposata o spaventata e confusa, come dopo un incubo? Mi sa che non ha importanza.

Sta ancora parlando. Ha la voce liscia e piatta, come quella di un professore, e la escludo finché non si ferma per guardarmi.

Faccio oscillare il capo, come acconsentendo a qualsiasi cosa abbia detto.

"Andrà tutto bene, Lana."

"Ah-ah." Ho la voce morta.

Sappiamo entrambi che è una menzogna.

Dal bosco, il quad sbuca in un parcheggio privato molto somigliante a quello dove avevo parcheggiato il SUV a noleggio prima che esplodesse. "Quella è la mia." Va a un'auto rossa sportiva. Fossi di buon'umore lo prenderei in giro, dato che si è comprato la classica macchina vistosa da medico, ma non lo sono, quindi smonto e vado alla portiera del passeggero tutta intorpidita.

Accanto al veicolo c'è un grosso SUV Mercedes

argento. All'interno si accende una luce, che illumina un biondone. Prendendolo per Teddy, trattengo il fiato per un secondo, ma non è lui; è Darius. Lo capisco dalla compostezza con cui esce dall'auto. È scalzo e non più in giacca e cravatta, ma porta canottiera e pantaloni.

"Darius," lo saluta Matthias. "Sei uscito per una corsa?"

"Sono appena tornato a cambiarmi," conferma. Gli occhi gli luccicano d'argento quando si posano su di me. "Che succede?"

"Mi cancellano la memoria," gli dico. "Io e Teddy abbiamo rotto."

Strizza gli occhi.

Matthias mi apre lo sportello e scivolo dentro. Non ho voglia di spiegare altro.

I due si consultano un attimo con voci soffocate. Non cerco neanche di origliare. Dopo poco si apre la portiera del conducente, solo che con mia sorpresa non è Matthias a entrare, ma Darius.

Matthias mi tamburella con le dita sul vetro. "Vuole accompagnarti Darius. Va bene?"

"Certo." Che importa?

Darius aggiusta lo specchietto retrovisore. "Voglio dirti un paio di cose, nel frattempo."

Mi stringo la borsa al petto e giro la testa per guardare fuori dal finestrino. "Vabbè." Per la prima volta nella vita, parlo come una ragazzina scontrosa.

Ingrana la marcia e ronza via dal parcheggio. Matthias resta impalato con le mani nelle tasche a guardarci partire. Probabilmente avrei dovuto dirgli addio. Ma comunque, mica me lo ricorderò.

* * *

Teddy

Che cavolo. Ma cosa mi è passato per la testa?

Come ho potuto anche solo per un minuto prendere in considerazione l'idea di cancellarle i miei ricordi?

Quando se n'è andata, è stato come se il cuore mi avesse abbandonato il petto. No, più come se ogni organo mi avesse abbandonato il corpo. Mi sento una pila di ossa secche, senza nulla a darmi la vita.

Cerco di barcollare fuori dalla baita, però mi ritrovo in ginocchio per terra. Le gambe non mi funzionano neanche.

"Lana." Cerco di dirne il nome, però mi esce in rantoli di tosse. Come avessi la bocca piena di terra. Troppo secca per pronunciare anche solo una parola. "Lana," ritento, senza miglior successo.

Cos'ho fatto?

Possibile che sia questa la risposta? Ma allora perché è tutto tanto sbagliato? E non solo sbagliato – sbagliatissimo.

Matthias però ha pensato fosse la cosa giusta. E anche Darius.

Dovettero intervenire anche con Tiffany.

Sono davvero tanto incapace di capire cosa bisogna fare? Sono troppo accecato dalla lussuria per la dolce umana?

Compagna! ruggisce l'orso.

Ecco quando s'insinua la vera paura. Perché se l'orso ha ragione – se Lana è la nostra compagna – mi sono appena inculato oltre ogni inculata possibile.

I mutanti che trovano la compagna senza reclamarla diventano selvatici.

Mi sono appena firmato la condanna a morte per salvare la montagna.

E sinceramente... della morte non m'importa niente. Perché morire non è nulla in confronto al dolore di sapere di averle fatto del male. Di sapere che l'ultima cosa che ricorderà di me – anche se non per molto, ormai – sarà questo assoluto tradimento.

* * *

Lana

Un masso in gola minaccia di strozzarmi. Mi concentro su respiri profondi per non dover stare accanto a Darius con le lacrime che mi scorrono giù per il volto. Quando superiamo il cartello della montagna Bad Bear chiudo gli occhi, per non dover vedere gli orsetti dipinti giocare tutti contenti sul legno sbiadito.

"Allora, cos'è successo?" domanda con voce disinvolta, come mi stesse chiedendo che tempo fa.

Stringo ancora più forte lo zaino. "Teddy ha detto che viviamo in mondi diversi."

"Ha ragione, sai. È vero," fa Darius, e per un attimo prendo in considerazione l'idea di dargli una borsata sulla testa. Non voglio sentirgli dire 'Te l'avevo detto'. Non voglio guardarlo adesso, perché somiglia moltissimo a Teddy. A una versione imprenditoriale e maniaca della perfezione di Teddy, ma comunque gli somiglia. Si è anche lasciato crescere la barba un po' disordinatamente, probabilmente per l'assemblea.

Macina qualche miglio di strada prima di dire, "Sai, l'ultima volta che Teddy è stato con un'umana andò male."

"Era quella Tiffany?"

"Sì, Tiffany. Ti ha parlato di lei?"

"No. Non mi ha detto niente." Mi fa arrabbiare questa Tiffany e qualsiasi cosa abbia fatto per rovinarmi. Ce l'ho con Teddy, e di sicuro adesso non voglio bene neanche al suo gemello.

Annuisce. "Devi sapere cos'accadde."

Ottimo. Come se il viaggio non fosse già abbastanza orrendo, mi tocca anche sentire la storia della ex di Teddy.

Ma Darius è determinato. "Teddy era giovane. Avevamo solo diciotto anni. Credeva fosse la sua compagna."

Il dolore mi affetta il cuore. *Compagna.* Riecco quella parola. "E allora perché non sta con lei?" Faccio finta che per me non conti nulla, che non mi freghi niente. Fra qualche ora non ricorderò una parola. Percepirò che manca qualcosa, come un arto fantasma? I pensieri andranno a balbettare intorno ai luoghi in cui adesso conservo i ricordi di Teddy? O sarà come non fosse mai esistito?

Non riesco a immaginare di non riuscire a ricordarlo. Qualsiasi cosa mi farà il vampiro, probabilmente nel profondo saprò di aver conosciuto una persona speciale che non c'è più.

"Teddy aveva tutte le intenzioni di trascorrere la sua vita con lei," dice Darius. "Ma il giorno dopo che le ebbe rivelato il nostro segreto, lei contattò un giornalista dicendogli di avere la notizia del secolo. Tentò con non una, ma tre diverse grosse redazioni per vedere se riusciva a portare qui le telecamere."

"Ah," ansimo, sconvolta.

"Già. Teddy non lo sapeva. Aveva preso in prestito il furgone della mamma per una commissione speciale. Aveva ordinato un anello di fidanzamento a una gioielleria di Albuquerque. Mentre lui pensava di chiederle di sposarlo, Tiffany voleva rivelare al mondo il segreto."

L'amore di Teddy aveva pianificato di tradirlo dopo che lui le aveva confidato i suoi segreti. Per forza le telecamere lo facevano dare i numeri. "E poi?"

"La sentii parlare al giornalista. Aveva bisogno di prove

per fargli capire che non si stava inventando tutto. Le fregai il telefono, e Matthias la sedò e organizzò la cancellazione della memoria. Poi però dovemmo dirlo a Teddy. Che... che non la prese bene."

"Ci scommetto." Il dolore alla cavità del petto si trasforma, addolcendosi. Soffro per il giovane orso mutante, per lo speranzoso ragazzo che era.

"Fui io a dirglielo. Non mi credette finché non gli mostrai il telefono con messaggi e chiamate. Tiffany non aveva detto tutto al giornalista solo perché voleva dei soldi. Trecentomila dollari."

Mi sbanda lo stomaco. Avrebbe venduto la famiglia di Teddy per soldi? Mi viene la nausea.

Darius lancia un'occhiata allo specchietto retrovisore. "Il giornalista le aveva detto che avrebbe potuto avere tutti i soldi che voleva e tutti i diritti dei libri, ma prima aveva bisogno delle prove. L'avidità di Tiffany ci fece guadagnare tempo. La portarono dalla sanguisuga Teddy e Matthias."

"Funzionò? Dimenticò?" Non avevo mai sentito niente di orsi mutanti, quindi mi sa di sì.

"Il suo caso era più complicato. Erano insieme da un po'. Si erano conosciuti alle superiori, e stavano insieme quando Teddy seguì alcuni corsi al centro di formazione professionale. La sanguisuga dovette cancellarle parecchi mesi. Quando si risvegliò, aveva problemi anche a ricordare come si chiamava."

Oh, merda. Non mi rendo conto di averlo detto ad alta voce finché Darius non mi tocca il braccio.

"Va tutto bene, Lana. A te non andrà così male. Forse ci andammo anche giù un pochino duro con lei, perché dovevamo distruggere la credibilità di quella ragazza. E funzionò. Il giornalista attribuì il racconto di Tiffany a un'allucinazione e il segreto rimase in salvo. Grazie al fato."

Stringo talmente forte lo zaino che mi vengono i crampi alle mani. Allento la presa.

"Dopo qualche mese si riprese. Matthias la tenne d'occhio. Era un soccorritore alle prime armi, quindi aveva la scusa per visitarla. Secondo l'ultima notizia che ho ricevuto, ha accettato un posto come autista di camion che la fa viaggiare per gli Stati Uniti. Non è più tornata in questa zona. Non ha nessun ricordo di orsi mutanti, né di aver cercato di farci dei soldi. Teddy però... qualche giorno dopo la cancellazione della memoria, entrò nell'esercito. Non tornò sulla montagna per cinque anni."

Percorriamo qualche altro miglio in silenzio. Io digerisco il racconto. Darius è tetro, come stesse rivivendo tutto.

"Fu in quel momento che andasti all'università?" domando, più che altro per dire qualcosa. Durante la rissa fra i due, Darius aveva tirato fuori il fatto di aver studiato.

"Qualcuno doveva pur rimanere ad aiutare la mamma," ringhia. "Teddy se n'era andato. Matthias doveva entrare a Medicina. I Terribili tre stavano crescendo, e si facevano curiosi. La mamma non aveva un minuto libero. Io lavoravo nel campo edile, e la sera frequentavo le lezioni. Imparai da autodidatta il trading infragiornaliero. Poi presi il master in Gestione d'impresa a New York. Teddy crede che abbia abbandonato la famiglia, ma fu lui il primo a farlo." Stringe forte il volante. Fosse Teddy, gli metterei la mano sulla schiena per allentargli la tensione alle spalle.

Forse questo viaggio non è tanto per me, ma per lui; ha bisogno di buttar fuori tutto. Non esiste persona migliore cui confessare un segreto di una cui stanno per cancellare la memoria.

"Facesti del tuo meglio," dico. "Lo faceste tutti e due."

Gli si ammorbidiscono le spalle. "Forse. Sono stato io a suggerire l'obbligazione. Ero un giovane gradasso. Non sapevo di non sapere. Adesso siamo indebitati, ed è colpa mia."

"Non fa niente, Darius. Non sei costretto a dare spiegazioni a me."

"Credo di sì. Per Teddy sei importante."

Adesso m'irrigidisco io. "Invece no."

"Tiene a te."

"Forse. Ma non a sufficienza da far funzionare le cose. Vuole che esca dalla sua vita. Quando la situazione si è complicata, mi ha lasciata andare."

"Sarà grande e grosso, ma è un tenerone. Anni fa mise in pericolo la famiglia. Non vuole commettere lo stesso errore."

Rovisto nello zaino in cerca del burro di cacao, e ritrovo il telefono rotto. Nella console centrale Matthias tiene un caricatore come il mio, quindi ce lo attacco. "Cosa stai cercando di dirmi, Darius?"

"Voglio solo che tu capisca perché si comporta così."

"Ok. Grazie... diciamo. Tanto comunque non ricorderò niente."

Esita, come volesse aggiungere qualcosa, ma guardo fuori dal finestrino. Siamo già sulla principale. Quanto mi resta prima di dimenticare tutto? Dovrei rivivere i bei ricordi, ma non voglio arrivare a destinazione in lacrime.

Darius continua a guardare nello specchietto retrovisore. Senza preavviso, spegne i fari e sfreccia per le corsie fino all'uscita. Mi slancio a destra in cerca di un maniglione cui aggrapparmi, che però non esiste.

"Darius? Cosa stai facendo?"

Scala la marcia, e fa un'inversione a U che mi fa saltellare sul sedile.

"Credo che ci seguano."

"Cosa? Chi?"

"Il SUV nero. Laggiù. Prendiamo vie secondarie." Nei minuti seguenti controlla in modo compulsivo lo specchietto retrovisore, e finalmente si rilassa. "Seminati."

Non mi si rimesta più lo stomaco, ma solo perché l'ho lasciato sulla strada di prima, temo. "Secondo te chi era?"

"Uno stronzo di un sicario assunto da quella testa di cazzo del tuo fratellastro."

"Davvero?" Allungo il collo, ma la buia strada è libera. Dovrei dare i numeri probabilmente, ma pare che abbia già raggiunto la mia dose di sclero per quest'anno. Farsi assassinare non potrebbe mai essere peggio di quel che vivo adesso. Essere scaricata dal mio vichingo. Scoprire che mi cancella la memoria perché ho consigliato pubblicità a Bad Bear.

Santo cielo, ma mi fidavo di lui! Mi faceva sentire al sicuro. Invece non potevo essere più in pericolo di così.

Mi ha spaccato il cuore in due. E poi mi ha spedita da un vampiro.

"Come ha fatto Bentley a trovarmi?" chiedo intontita.

Darius osserva accigliato la strada davanti a noi, neanche ospitasse assassini cui sparare con gli occhi. "Il telefono," abbaia infine. "Ti rintraccia così." Abbassa il finestrino, mi agguanta lo smartphone e lo lancia fuori nella notte.

"Ehi!" Mi raddrizzo sul sedile.

"Te ne compro uno nuovo."

Mi riaccomodo. "Ok," borbotto. "Mi cancellano la memoria, no? Tanto dimenticherò chiunque conosca."

"Cosa?" Aggrotta le sopracciglia. "Non funziona mica così. La sanguisuga... cioè, il vampiro individua ricordi specifici. Cancella solo quelli degli ultimi giorni."

"Ah. L'idea sembrava molto più radicale."

"Be', dimenticherai gli orsi mutanti, ma ricorderai ancora la tua vita. Matthias ha detto di operare a partire dall'inizio dell'escursione. Né lui né Teddy ti hanno spiegato come funziona?"

"Non parlo con Teddy. Avrei potuto chiedere a Matthias, ma ero molto arrabbiata e non ascoltavo."

Si concentra per un miglio sulla guida, poi dice piano, "Lo ami."

Mi scappa una smorfia, e stringo ancora più forte lo zaino. "Non ha importanza. Tra poche ore non me ne ricorderò neanche."

"Lana..."

Apro la bocca. Devo dirlo per forza. "So che Tiffany lo tradì, ma io non sono lei. Non glielo farei mai. E neanche a voi. Ma non sei costretto a credermi. Fra qualche ora vi sarete liberati di me." Distolgo lo sguardo da lui per parlare al finestrino. "Non vedo l'ora."

"Dillo con un po' meno rabbia e ti credo."

Giro il capo verso Darius. Fa scattare un sopracciglio nella mia direzione, tanto somigliante a Teddy che mi viene voglia di dargli un ceffone.

"Lo ami," ripete.

"Certo che lo amo," sbotto.

Scuote la testa. "Ok." E poi l'auto sportiva di Matthias rallenta e si gira su sé stessa.

Mi aggrappo al sedile affondando le unghie nella pelle.

"Darius, che cazzo..." Cerco un SUV nero o un'auto qualsiasi, ma non ci segue nessuno. La strada è vuota.

"È un errore," mi spiega. "Ti riporto indietro."

Lo guardo a bocca spalancata.

Darius schizza a tutta velocità. "Voglio bene a mio fratello gemello. Abbiamo delle differenze. Lui è un po' più veloce di me in combattimento mentre io... sono più bello."

Sbuffo.

"Dopo Tiffany, soffrì. Nel profondo credo che una parte di lui biasimasse me, perché fui io a scoprirlo e a dirglielo."

"Darius, ma che cavolo..."

Leva una mano, e chiudo il becco prima che le stacchi tutte e due dal volante in curva. "Senti, sto dicendo che Teddy il più delle volte resta impantanato nel passato. Da Tiffany non ha più avuto relazioni serie. Nessuna. Si è buttato nel servizio militare e poi ha lavorato col branco Black Wolf per la loro azienda di sicurezza e sul servizio taxi. Ma adesso si piange addosso e basta."

Spalanco la bocca. Sto cercando di comprendere le parole di Darius tenendomi al contempo stretta al sedile della macchina. Due secondi fa mi portava dal vampiro. Adesso ha fatto un'inversione di letteralmente centottanta gradi per riportarmi da Teddy?

È tutto tanto bello che mi viene da piangere. Ma non ha importanza se anche Darius crede che cancellarmi la memoria sia un errore; Teddy la ritiene ancora la cosa giusta.

"Era allegro e spensierato. Con gli amici lo è ancora. Ma quando prova sentimenti, li sente in profondità."

"Temo che con me non sia allegro per niente. Sa essere molto scontroso."

"Per ciò che gli fai provare. Lo fai desiderare di più. Quella parte di sé la chiuse molto tempo fa, e fa lo scontroso perché tu gliela stai risvegliando."

"Come fai a saperlo? Non fate che litigare!"

"Sono suo gemello," dice semplicemente, come spiegasse tanta esperienza per i sentimenti profondi di Teddy. "E tu la sua..."

"Non dirlo." Sollevo le mani, a palmi in su, come per fermare il traffico. O arrendermi. Ma non voglio assolutamente sentire la parola *compagna*. Matthias mi ha accennato qualcosa, facendomi venire la speranza. "Se è vero, perché mi ha lasciata andare?"

"Ha esagerato. Ha commesso un errore. Ma tu sei l'unica sua speranza di salvezza, Lana, e non posso permettere che ti distruggano la memoria perché mio fratello è un grosso coglione. Sei la sua compagna."

Mi scappa una smorfia.

"Lo sei. Sai come faccio a saperlo? Tiffany corse dai giornali e dalle telecamere per un secondo di fama. Tu sei già famosa, e corri a farti cancellare la memoria in modo che nessuno possa estorcerti questo segreto. Questo è amore. E non permetterò mai a Teddy di buttarlo via."

Apro la bocca per dire qualcosa, chissà cosa, ma la luce della luna lampeggia su un ostacolo davanti a noi, sulla strada, e urlo, "Attento!"

L'auto sportiva ha freni incredibili. E Darius li usa bene. Le gomme stridono e rimbalzo contro alla portiera, però ci fermiamo.

La strada è bloccata da un mucchio di enormi SUV neri.

"Cazzo." Ingrana la retromarcia e si fionda all'indietro, svoltando in strada e sfrecciando per dove siamo venuti. "Bentley deve aver chiamato i pezzi grossi."

Ah, vero. Quasi dimenticavo – il mio fratellastro sta cercando di uccidermi. "Altri sicari?"

"Una squadra intera."

Allungo il collo giusto in tempo perché Darius fermi la macchina di colpo. Un'altra falange di SUV neri ci blocca anche questa via. Non possiamo andare da nessuna parte. Ci ritroviamo in un canyon, costeggiato su entrambi i lati da colline e senza strade né tracce di civiltà nei dintorni. Siamo in trappola.

"Cazzo," diciamo insieme. Alle nostre spalle, le portiere

del SUV si sono aperte, e stanno smontando degli uomini vestiti di nero.

"Ok, ho un piano." Recupera dalla tasca il telefono. "Prendi questo e corri nelle colline." Digita un codice e me lo porge.

"Chiamo aiuto? Ma non c'è segnale..."

"Non serve. Ha un dispositivo di tracciamento speciale. L'ho appena attivato col codice di emergenza." Per il viso gli passa il fantasma di un sorriso. "L'ha programmato Teddy. Per ciascun membro della famiglia." Si allunga davanti a me per agguantare la maniglia della mia portiera. "Al mio segnale, scappa."

"Aspetta! E tu?"

Il sorriso mostra tutti i denti. Sembra uno squalo. "Io farò da esca."

"Ma..."

"Sei la compagna di mio fratello. Farò il necessario per farti uscire di qui viva."

"Darius," sussurro.

"Non preoccuparti, ragazzina." Mi dà un colpettino al naso, tanto simile a Teddy che mi viene da piangere. "Ah, prendo anche questo." Mi agguanto lo zaino, luccicante nel buio. "Pronta?"

Ho il petto pesante, come stessi per andare in iperventilazione. Trasalisco con un cenno di assenso.

"Al tre," dice. "Io li distraggo. Tu... non farti prendere, tesoro. Devi mandare i miei fratelli in mio salvataggio."

Capitolo quattordici

eddy

Per un'ora dopo la partenza di Lana, l'orso ringhia e urla, in lotta per uscire. *Troppo tardi*, gli dico. *Se n'è andata.*

Ci ha lasciati. E solo perché sono un coglione. Come ho aperto la bocca per dirle della cancellazione della memoria, ho capito di aver sbagliato, ma gliel'ho detto lo stesso. Non mi sono fidato di lei, nemmeno se mi ha reso chiaro che farebbe di tutto per aiutarci. Stava cercando di salvarci, e in cambio l'ho tagliata fuori dalla mia vita.

Dalla mia vita sì, ma mai dal cuore. Sarebbe impossibile. Nemmeno una picozza potrebbe liberarla a picconate da quell'organo.

Non che importi. L'ho ferita. Terribilmente. Irreparabilmente. E adesso probabilmente ha paura, soffre e patisce gli ultimi momenti in cui può avermi nella sua vita.

Merda.

Voleva salvare il paese, ma non ha saputo salvarmi da me stesso.

Mi passo le mani sul viso. Che cazzo faccio adesso? Come ho potuto lasciarla andare?

Un seccante *zzzt zzzt zzzt* giunge dalla tasca posteriore. Estraggo il telefono.

"Finalmente, cazzo," sbotta Deke. "Ho provato a chiamarti. Abbiamo trovato Bentley."

"Bene..."

"No invece. Insieme a un'intera squadra addetta al lavoro sporco è alle calcagna della tua ragazza."

Sono subito in piedi. "Mi prendi per il culo?"

"No. È da te?"

"No." *L'ho lasciata andare.* L'ultima parte non la dico: avevo al mio fianco la mia compagna, e l'ho mandata via. "Ha lasciato la montagna. Siamo separati. È con Matthias."

"Chiamalo e fagli portare Lana in un posto sicuro. Ti scrivo le ultime coordinate di Bentley. Vi serviranno rinforzi. Arriviamo."

Riappendo e chiamo Darius, ma lo squillo risuona appena fuori dalla porta. "Ma che cazzo..."

"Teddy?" Matthias è fuori. Il quad è salito mentre ero al telefono con Deke. È già stato dalla sanguisuga con Lana?

Un dolore lacerante mi trafigge il cuore.

Il portone si spalanca di colpo. Hutch, Bern e Canyon compaiono in un groviglio di arti: varcano la soglia in pieno combattimento.

"Vi ammazzo!" Canyon tiene le braccia tese e flette le dita come fossero sulla mia gola. Hutch e Bern stanno cercando di trattenerlo. "Dov'è?" urla. "Dov'è Lana? Vi portiamo in salvo!"

"Non c'è," tuona Matthias dietro di loro.

Axel è accanto a lui, posato al quad con in mano una canna già rollata. "Sì, dai. Calmatevi."

Il mio ringhio spacca la notte, e i Terribili tre si placano.

Li supero con uno spintone per ringhiare contro Matthias, "Dov'è?"

"Ha voluto portarcela Darius," dice con una scrollata di spalle. "Lei è stata d'accordo."

Darius. Che pezzo di merda...

"Dobbiamo riportarla qua."

"È lei che ha voluto farsi cancellare la memoria."

"Cosa?" Canyon si accascia fra le braccia dei gemelli. "Perché?"

"Già, perché se n'è andata?" s'intromette Hutch. "Le avevamo preparato una torta."

Everest è comparso accanto al quad con un dolce a tre strati fatto in casa. La glassa bianca scivola giù sui lati. Sulla cima c'è una tortuosa scritta che sembra fatta da un lattante ubriaco. Recita 'benvenuta in famiglia' con un orribile grumo marrone sottostante che dovrebbe essere un orso.

Axel fa passare a ripetizione lo sguardo dall'opera a Everest. "Perfetta."

"Mah," fa Hutch. "Credo che nella glassa ci sia troppa acqua..."

"Sentite," abbaio. "Lana è nei guai."

Chiudono tutti il becco.

"Il branco Black Wolf mi deve scrivere le ultime coordinate del nemico. Dobbiamo andare."

"Chi?" Canyon si libera dai fratelli. "Non ci lascerai mica qui!"

"No. Mi serve il vostro aiuto. Di tutti." Fisso i volti riuniti dei miei fratelli, inclusi quelli dei tre gemelli. Sono giovanissimi, però sono della famiglia, e ho bisogno di loro. "Dobbiamo trovare Lana e intercettare Bentley. Prendiamo gli elicotteri. Tutti quanti."

Il telefono comincia a trillare forte. Così come quelli

degli altri. Segue un momento di confusione quando estra-
iamo gli smartphone per guardarne gli schermi.

"Ma che..." fa Canyon.

"Il dispositivo di tracciamento." Stringo forte il telefono.
"Darius sta inviando un segnale d'emergenza."

"E adesso abbiamo le coordinate," dice Matthias.

"Bad bear in arrivo," dice Hutch. È determinato, ma
nella voce ha una cadenza interrogativa.

"Sì." Gli prendo la spalla. "Bad bear in arrivo. Ecco che
si fa adesso."

* * *

Lana

Il battito del mio cuore mi risuona nel petto e riverbera
per gli arti, ma il respiro è rallentato a tempo col conto alla
rovescia di Darius.

"Uno... due..."

Al tre, spalanchiamo le portiere. Mi fiondo nei cespugli
a bordo strada, con gli scarponi che grattano sul terreno
sassoso.

Darius urla qualcosa per attirare l'attenzione su di sé.
Chino il capo e sfreccio su per il fianco della collina. Sale
profumo di salvia mentre schiaccio sotto ai piedi le piante
argentate. Schivo e vacillo, cercando un modo di nascon-
dermi. Un buco nella collina, un anfratto qualsiasi. Ho la
mano modellata attorno al telefono di Darius. Potrei arrivare in cima per vedere se così Teddy riesce a individuarmi
meglio.

Almeno non sono vestita da lampadina. Indosso ancora
la felpa di Bern. È nera. Bene. Raccolgo le trecce e le infilo
nel cappuccio nero. Tra quello e la gonna di jeans, spero di
riuscire a mescolarmi con lo sfondo. A meno che i sicari non

194

abbiano degli occhiali da visione notturna con sensori di calore. In quel caso sono fregata.

Alle mie spalle lo zaino rosa luccica sul tettuccio dell'auto sportiva. Deve avercelo messo Darius, per una qualche ragione. Avanza lentamente verso la riga di SUV con le mani alzate.

Le portiere aperte rigurgitano un mucchio di uomini vestiti di nero. Lo splendore dei fari illumina le lunghe canne delle armi nere.

"Non sparate," urla. "Non sparate." Quant'è calmo. Si staglia in mezzo alla strada, giusto sulla traiettoria dei fari. L'obiettivo perfetto.

La squadra mette le armi in posizione.

Gracchia una radiolina. "È in collina. Seguitela."

Un forte boato rimbalza sulle pareti del canyon. Mi scaravento a terra, anche se lo sparo non mi ha presa né mi si è avvicinato. Deve aver colpito Darius.

Giù per la strada si leva un ruggito e un'enorme figura scura piomba sui sicari. Darius in forma di orso. Pallottole scoppiano a ripetizione. Il ruggito si fa solo più forte.

Devo fare qualcosa. Darius è lì a combattere per la vita e continua a farsi sparare. Teddy era guarito velocemente, ma era solo un taglio sul capo – ah... e i proiettili dei droni. Quanti ne sopporta un orso mutante prima di morire?

A carponi, mi arrampico su per il declivio. Devo arrivare in cima. *Dai, Teddy. Ho bisogno che tu venga a salvarmi.*

* * *

Teddy

Il ritmo delle pale mi fa sentire a casa. Ironico che l'orso, per quanto brutto e cattivo, adori la sensazione del vento fresco sul viso. Ho imparato ad amare il cielo nell'esercito. Certo, non c'è molto che uccida un orso mutante. Forse è questo coraggio a rendere il tutto ancora più divertente.

Stasera non occupo il posto del pilota. C'è Bern, con la cuffia. Io mi sporgo per metà fuori dallo sportello per guardare a terra. Dall'altra parte Canyon fa lo stesso. Siamo diretti alle coordinate inviateci dal dispositivo di tracciamento del telefono di Darius. Se si spostano, le seguiamo.

Finora non si sono mosse.

Arrivo, fratello. Resisti.

Matthias pilota un altro mezzo con Hutch ed Everest. Axel ha portato il terzo a Taos per raccogliere più lupi possibili del branco Black Wolf.

Con un po' di fortuna, saremo sulla scena in tempo. Altrimenti...

Il petto mi si riscuote dal ruggito dell'orso. Dobbiamo recuperare Lana in tempo. Non esistono altre opzioni.

Bern borbotta in cuffia, "Quasi arrivati. Hai una buona visuale?"

La strada è una cucitura liscia fra le colline. Da qualche parte, giù in quel brullo canyon di sassi, Lana scappa a rotta di collo.

"Il segnale è laggiù," riferisce Bern. "Dove sono?"

Uno zaino rosa brillante luccica al buio proprio sopra all'auto di Matthias. "Là." Indico, anche se non mi vede nessuno. "Zaino rosa a ore due."

"Affermativo. Pronti al lancio." Bern inclina il velivolo per portarci giù.

* * *

Lana

Del denim si può dire questo: è resistente e sempre di

moda. Lo si può indossare dalla testa ai piedi, lavorarci tutto il giorno e presentarsi a una festa con tutta l'aria della rockstar. L'unica cosa che non consiglio di farci è correre. È una piccola consolazione sapere di scappare da un branco di sicari con addosso una gonna carina.

Per metà corro, per metà striscio nella vaga direzione della cima della collina. Ho nocche e palmi graffiati dai sassi, e il sudore mi appiccica la maglia alla schiena.

Sottovento, spari e ruggiti sono scemati. Di tanto in tanto l'atroce silenzio viene puntualizzato da un urlo o un ruggito soffocato. Il mio cuore rimbomba.

Da quant'è che corro? Ho le cosce infiammate e le tette che rimbalzano, ma non importa. L'adrenalina mi spinge su. Non so se mi seguono ancora o se ne sono andati. Forse dovrò correre e strisciare per miglia.

Sto aggirando sgraziata un masso quando lo sento: il *tac-tac-tac* delle pale di un elicottero in volo. Sono abbastanza in alto da vedere il terreno estendersi sotto di me. Ecco lo zaino rosa, luccicante sulla macchina di Matthias parcheggiata di sotto, sulla strada. La luce della luna inonda rocce e macchie di alberi. Due elicotteri aleggiano sopra tutto. Uno è bianco. Quello dietro è nero e più difficile da vedere. Stanno scendendo, sollevando vortici di polvere in aria.

Si sente un grido, e una figura balza giù dal velivolo bianco. Non vedo chi è, ma chiunque sia indossa un kilt. Altre urla, e due figure saltano nel vuoto. Dei lampi in lontananza illuminano tutte e tre le sagome, che planano a terra appese ai paracadute.

Panorama che mi dà i brividi. Gli elicotteri ruggiscono sopra di me. Quello nero vola sulla strada e accende un faro che scivola sul terreno. Altri spari risuonano quando i sicari rispondono al fuoco.

Chiasso che mi mette fretta. Mi butto a terra e mi

nascondo goffa dietro a un masso. Sarà meglio salire o scendere? I palmi mi scivolano sul masso ruvido. Ho le unghie tanto rotte, spezzate e frantumate da somigliare ad artigli rosa. In caso di attacco, posso imitare gli orsi e graffiare qualcuno, se non mi sparano prima.

M'infilo in un nascondiglio e sbircio fuori. Giù per la strada è atterrato un paracadute. Una figura col kilt e a petto nudo avanza a grandi passi nella luce del SUV. Canyon. "Ehilà," urla. "Orsi brutti e cattivi in arrivo."

Fiottano pallottole e Canyon rotola svelto verso la riga di auto. A metà strada l'urlo si trasforma in ruggito. Il corpo magro diventa una figura ispida, che continua a caricare. Le armi scoppiano a ripetizione. L'orso mutante, cioè Canyon, sparisce dietro ai fari del SUV, e non vedo il resto. Si sentono ruggiti, spari e sporadiche urla. Stringo forte il telefono di Darius e schizzo fuori dal nascondiglio. Se riesco a salire magari vedo cosa sta succedendo. Forse dei sicari mi stanno dando la caccia, però mi sento molto più al sicuro adesso che c'è anche un mucchio di orsi mutanti.

Si sente un lamento, come di un calabrone arrabbiato, e le pallottole colpiscono i massi che mi attorniano.

Grido e mi butto giù dalla collina. I sicari mi hanno trovata e non so che altro fare.

Dei ruggiti esplodono dai cespugli vicini.

"Teddy," mi lamento.

Ed eccolo qui. Mi raccoglie e mi copre col suo corpo. "Presa, piccolina," mormora.

Mi fischiano le orecchie, ma gli spari sono cessati. Gli premo il volto contro alla spalla e mi aggrappo forte a lui.

"Va tutto bene. È finita." Mi porta giù dalla collina. Il chiasso della battaglia è sopito.

Per la strada vaga qualche orso. I brandelli rimasti di un kilt decorano il black Top davanti a uno dei SUV.

I due elicotteri sono atterrati, il bianco accanto ai veicoli e il nero più su lungo la strada.

Mentre superiamo il bianco, Bern scende dal sedile del pilota, sempre con le cuffie addosso. "Il branco sta arrivando con Axel. Possono ripulire loro."

"Bene," ringhia Teddy. "Droni?"

"Stavolta no."

Mi posa su un masso accanto alla strada e comincia a palparmi. "Sei ferita?"

"No," mormoro. Mi duole il cuore nel vederlo. È bellissimo. Forte e capace. E... non mio. Mi torna la voglia di piangere.

Mi spolvera via il ghiaino dalle ginocchia e va in inutile agitazione per le abrasioni che ho sulle mani, mentre io me ne resto seduta ad assorbire la visione. "Lana, scusami tanto. Ho fatto una cazzata, piccolina. Non voglio perderti. Ho sbagliato tutto."

Il cuore barcolla.

"Ti prego di perdonarmi. Perderti sarebbe l'errore più grosso della mia vita. Non avrei mai dovuto pensare alla cancellazione della memoria. So di averti ferita, ma giuro che non lo rifarò più. Mai più."

Mi tremano le labbra. "Eccome se mi hai ferita."

"Avevo paura. Temevo di mettere in pericolo la montagna e la mia specie, e ho completamente perso di vista ciò che so." Regge il mio sguardo. "Che sei buona. Gentile. Che non ci faresti mai del male di proposito. Ma soprattutto... che senza di te non vivo."

L'aria mi svuota il petto con un sibilo. "N-Non vivi senza di me?"

Scuote il capo, gli occhi grigi pieni di dolore. "Nemmeno un'ora, piccolina."

Gli butto le braccia al collo. "Nemmeno io vivo un'ora

senza di te."

Mi stringe tanto forte che non respiro, e assorbo tutta la sua passione. La sua forza. La sua premura.

"Presi tutti?" Canyon sbuca da dietro un veicolo tutto nudo. Distolgo lo sguardo.

"Mettiti addosso qualcosa," abbaia Teddy. Canyon si volta e torna indietro ridendosela sotto i baffi.

"Qui tutto bene," si sente dire da Hutch da qualche parte alla nostra sinistra. "Teddy, vieni a vedere."

Teddy emette un verso meno simile a un ringhio rabbioso che a un rimbombo infastidito. Mi prende in braccio e mi porta verso la voce di Hutch. Come poco desideroso di allontanarsi da me per più di un secondo.

A bordo strada giace un mucchio di pelo. Hutch, a petto nudo, ci è inginocchiato davanti. Credo che non abbia preso la forma di orso, oppure deve aver trovato il modo di non distruggere il kilt, perché ce l'ha addosso.

"Oh no," ansimo. "Ma è..."

"Darius," conferma Teddy.

Mi scappa un verso di dolore, e mi copro la bocca con la mano. "Ha detto che avrebbe creato un diversivo. Devono avergli sparato diverse volte." Non riesco a chiedergli se è morto.

Il corpo dell'orso rimpicciolisce, la pelliccia sparisce e ci ritroviamo steso a terra un alto vichingo.

Teddy mi posa per avanzare a grandi passi. Si leva la giacca e gliela lancia sullo scroto. Darius si sveglia e si ripiega su sé stesso per prenderla un secondo prima che gli atterri addosso. "Copriti," ordina.

"Ti ci è voluta un'eternità, stronzetto," ribatte il gemello. "Che stavi facendo? Davi lo straccio mentre io facevo di tutto per proteggere la tua compagna?"

Mi si mozza il fiato. Teddy mi ha accettata come compagna?

"Precisamente." Mi tira al suo fianco. "È la mia compagna: non dimenticarlo."

È la mia compagna. Mi sporgo contro di lui e mi concentro su Darius. "Stai bene?" La pelle pallida è chiazzata di sangue, ma non so se sia suo e dei sicari.

Allarga la bocca in un sorrisone. La barba è più cespugliosa del solito. "Benissimo, tesoro."

Teddy si gira verso di me, mettendosi fra me e il fratello. "Piantala di flirtare con la mia compagna."

"Ma non sto flirtando, giuro." Gli scappa una risatina. "Mi piace, adesso che la conosco. Scusa se l'ho paragonata a Tiffany. Volevo solo renderti la vita difficile."

"Sei uno stronzo."

"Già." Darius sospira, e si ristende sull'asfalto, come esausto. "Sono proprio stronzo."

Mi fa tanta pena che devo dire assolutamente qualcosa. Giro il capo verso Teddy. "Si è preso una pallottola per me. Diverse probabilmente, anzi."

"Capirai," dice l'interessato. Sventola una mano. Guarda dietro di noi e urla, "Matthias, scusa per la macchina. Te ne compro una nuova."

Un enorme orso dalla pelliccia marrone chiaro giunge all'auto e si ferma a esaminarne le portiere mitragliate di buchi. Riesce ancora a portare gli occhiali, appollaiati sul lungo muso. Scuote il capo con dolore e si allontana con calma nella notte.

"Tutto bene, Lana?" domanda Canyon sbucando da dietro un veicolo. Ha creato una specie di perizoma con quella che sembra la camicia di Hutch.

"Sì, sto bene. Grazie del salvataggio."

"Teddy," urla Bern, "puoi venire qui un attimo?"

Teddy si sposta in direzione della voce, e dato che siamo incollati a livello dei fianchi, lo seguo.

Dietro ai SUV c'è un mucchio di sicari catturati. Alcuni hanno in bocca degli stracci. Altri giacciono in fila. Non voglio neanche sapere se morti o privi di sensi. Mi sa che se lo meritano.

Compare un orso polare, che si trascina dietro il cadavere di uno di loro. Mentre passa, Everest solleva una zampa e la inclina per puntare l'artiglio al cielo. Ci sta facendo vedere il pollice sollevato, giuro.

Hutch e Canyon ci portano al SUV, accanto al quale è impilata una pila di armi.

"Guarda cos'abbiamo trovato." Bern è cupo.

Nel bagagliaio siede bello dritto il mio fratellastro, praticamente mummificato da corde. Ha una striscia di nastro adesivo sulla bocca.

Inspiro forte.

"Dice di chiamarsi Bentley Dupree, e ci darà qualsiasi cosa se lo lasciamo andare," spiega Hutch.

"Diamogli un po' di vantaggio e poi sguinzagliamo gli orsi." Il sorrisone di Canyon lampeggia di una manciata di zanne.

Bentley si lagna dietro al bavaglio. Ha la pelle spaventosamente bianca. Sembra gli manchino dodici secondi per inginocchiarsi dalla paura.

"Parlando seriamente, però, ci ha visti tramutarci," fa Bern. "Così come i sicari. Cosa facciamo?"

Teddy fa un movimento e Hutch gli strappa il nastro adesivo.

Gli occhi di Bentley ruotano quasi indietro nel capo. "Orsi..." strilla in un sussurro roco. Le bianche degli occhi lampeggiano mentre guarda il cerchio di fratelli. "Orsi! Orsi!"

A mano di Teddy, vado a grandi passi dal mio fratellastro e mi sporgo in avanti. "Esatto, Bentley. I fratelli Bad Bear."

"E siamo brutti e cattivi come sembriamo," dice Hutch, e Canyon aggiunge, "I peggiori in circolazione."

Lo guardo negli occhi, aspettandomi una specie di pietà, o affetto. Non c'è niente. Non è mai stato della famiglia. Esistono una famiglia che si trova e una che ci si sceglie, e la vita è troppo breve per rincorrere persone che non ci trattano come meritiamo.

Arretro, infilandomi nel cerchio delle braccia di Teddy. I fratelli Bad Bear serrano i ranghi attorno a noi, pronti a proteggermi da chiunque e qualunque cosa.

"Portateli dalla sanguisuga," ordina Teddy. "Tutti quanti."

"Subito." I Terribili tre scattano in azione; radunano Bentley e i sicari rimasti per portarli via. Uno di questi ultimi si ribella, ed Everest lo solleva da terra per trascinarlo al furgone come una gatta che prende i cuccioli dalla collottola.

Compare Matthias, ordinato e pulito coi jeans stirati e una maglietta a maniche corte recuperata chissà dove. Probabilmente dal bagaglio della sua povera auto. "Axel sta arrivando con quelli del Black Wolf. Li ho informati che lo scontro è terminato. E ho scritto alla sanguisuga per dirle di aspettarsi una bella folla." Mi scruta con attenzione. "Stai bene, Lana? Posso darti un passaggio, se vuoi ancora andarci."

"No," ringhia Teddy.

"No, sto bene. Molto meglio." Ho le gambe stanche. Una ragione più che ottima per accoccolarmi nel petto di Teddy. "Voglio stare con Teddy."

Mi solleva tra le braccia ringhiando, "Non ti perderò mai di vista."

"Ok," fa Matthias con un cenno di assenso. "Del resto mi occupo io."

"Bene." Teddy mi tira più vicino a sé. "Io devo portare a casa la mia compagna."

Capitolo quindici

Le conseguenze dell'adrenalina mi danno sonnolenza, però mi sveglio quando Teddy apre con un calcio il portone della baita. Gli avvolgo le braccia attorno al collo mentre mi porta dentro, come una sposa.

"Qui siamo al sicuro?" Mi guardo intorno. Mi sembra sia passata un'eternità da quando me ne sono andata. Sembra già casa mia.

"Sì. Basta Bentley e basta sicari." Mi posa sul letto e mi leva gli scarponi. Io mi accascio, tutta graffi ed ematomi però felice.

Finisce l'operazione e passa il dito sul graffio che ho sul polpaccio. "Piccolina, scusami tanto. Ho fatto una stronzata."

Mi isso sui gomiti. "Stringimi. E non farlo mai più."

"No." Sale sul letto, però esita. Non vedo l'ora di arrivare alla parte 'strappiamoci i vestiti di dosso' della serata ma Teddy è a pezzi, quindi lo lascio parlare. "Vorrei poter tornare indietro e cancellare quel che ho fatto."

"Quel che è fatto è fatto. Basta cancellazioni." Lo tiro

per farlo sdraiare al mio fianco, il suo posto. "Stavi dando i numeri. Va bene, dai. Però la prossima volta che scleri dimmelo, così risolviamo. Insieme."

"Ok." Mi prende la mano per baciarmi l'unica nocca rimasta illesa. "Mi perdoni?"

"Già fatto."

"Non avrei mai dovuto trattarti così."

"Ti sei lasciato scaldare dai ricordi di Tiffany. Darius mi ha detto tutto."

"Che stronzo. Avrei dovuto parlartene io."

"Non fa niente. L'avresti fatto. In pochi giorni ne abbiamo passate tante. Coi sicari... non abbiamo mai avuto modo di parlare."

"Già. Devo dirti molte cose."

Mi preparo, però mi prende il volto nelle mani e mi guarda con tenerezza incredibile. "Sei la mia compagna, Lana. Il che significa che sei l'unica per me in tutto il mondo. Non avrei mai dovuto lasciarti andare, e non lo rifarò più. Starò per sempre al tuo fianco."

"Ok," bisbiglio.

"C'è dell'altro." Mi abbassa la cerniera del cappuccio. Resto immobile, ma dentro rabbrividisco quando mi solleva teneramente le trecce dalle spalle per sistemarmele a cornice del volto. "Essere la mia compagna implica che staremo insieme per sempre," dice. "Il mio cuore appartiene a te, e ti dimostrerò l'importanza che hai per me." Mi posa il palmo a lato del collo. "Ho parlato con i miei amici, quelli accoppiati con umane. I mutanti possiedono l'istinto di marchiare le compagne." Mi accarezza la spalla con il pollice lieve. "Voglio marchiarti stasera. Senza perdere altro tempo. L'orso non vuole lasciarti dubbi sul fatto che sei mia."

* * *

Teddy

Mi guarda battendo le lunghe ciglia. Potrei stare qui tutta l'eternità a guardarle quei bellissimi occhi nocciola.

"Ok. Come funziona?"

"Ti mordo, lasciandoti il mio odore nella pelle così che gli altri mutanti sappiano che sei mia. Sarà doloroso, ma cercherò di essere delicato, e la guarigione sarà più rapida del solito."

"Di te mi fido," sussurra, e quasi sprofondo in ginocchio.

"Sei perfetta per me. Ti marchierò, ma prima voglio farti star bene."

"Basta che non ci metti troppa delicatezza." Ha un sorriso nella voce. Si issa per avvicinare il volto al mio. Permetto alle nostre labbra di collidere. La bacio profondamente, lasciando sfrecciarle la lingua nella sua dolce bocca. Saggiando, depredando. Voglio che mi senta dappertutto.

La bacio lungo la mascella, a lato del collo. Dopo averle levato maglietta e canottiera, la spingo sulla schiena per lasciarle una scia di baci lungo il rigonfiamento dei seni.

"Mia bellissima e meravigliosa femmina..." mormoro.

"Lo sono davvero?"

"Meravigliosa? Sì, cavoli."

"Intendevo la tua femmina."

"Sei mia dal primo istante in cui ho colto il tuo profumo nel bosco. Solo che sono stato troppo stupido da accorgermene prima che fosse quasi troppo tardi." Le stringo il seno e passo la lingua sul capezzolo bruno, stuzzicandolo fino a farlo irrigidire.

"Pazzo orso vichingo." Con le unghie mi segna le spalle attraverso la maglia, quindi me la strappo di dosso per farmi marchiare da lei.

Le bacio il pancino morbido e le sbottono la gonna di jeans fatta da lei – il mio talentuoso genio creativo. Quando gliel'ho tolta, le levo le mutande coi denti e poi le divarico le ginocchia per leccarla dentro.

Urla quando la mia lingua le tocca il centro del corpo, e solleva i fianchi per venire incontro al mio viso. Le traccio le labbra, scostandole le morbide carni con la lingua per poi trafiggerla con la stessa. Scosto il cappuccio del clitoride e faccio roteare la lingua attorno al bottoncino finché non si irrigidisce e congestiona tutto per me. Poi risucchio delicatamente il minuscolo bocciolo.

"Teddy," ansima.

Giuro che mi guadagnerò questi versi disperati almeno tre volte al giorno fino alla nostra morte. Che avverrà contemporaneamente, ovvio. Nel sonno. Sognandoci a vicenda.

Facco con calma: le roteo la lingua attorno al clitoride, lo picchietto, lo succhio finché non si contorce, geme e urla di volerne ancora. Solo poi mi sollevo, mi tolgo i jeans e salgo sulla mia bellissima compagna.

"Farò attenzione," le dico. Sto avvisando l'orso. Dobbiamo usarle cautela. È umana. Se mordo troppo in profondità o nel punto sbagliato, rischio di creare danni seri.

Lana delle premure se ne frega. Mi avvolge le gambe dietro ai fianchi e li tira giù, verso i suoi. Mi scappa da ridere mentre allineo l'uccello al suo ingresso e le strofino la cappella nei succhi.

È pronta.

Prontissima.

La infilzo e rabbrividisco davanti a tanta perfezione. L'appagamento di accoppiarsi con la propria compagna – una volta *riconosciuta* – non ha rivali.

"Piccolina, sei meravigliosa," gemo oscillando in lei con spinte lente e deliberate.

Lascia ciondolare la testa sul cuscino. "Anche tu lo sei, Teddy. Adoro che tu sia così grosso. E rude, quando vuoi."

Oh, cazzo. Mi rende impossibile trattenermi. Piazzo le mani ai lati del suo capo e aumento la velocità, montandola con maggiori forza e ambizione.

Vorrei durasse per sempre – reclamare la compagna – ma provo anche una disperante sensazione di morire, se non la reclamo subito.

Adesso.

Adesso, cazzo...

"Oh, fati," grugnisco in una serrata di palle.

Lana sposta i fianchi, e d'un tratto mi posso immergere ancora più a fondo. "Sì!" urla. "Teddy, lì!"

Con una parolaccia, mi ritrovo incapace di far altro che sbattermela nell'esatto punto da lei richiesto. Devo appagare la mia femmina. Devo farla venire come ne andasse della mia vita.

E così è, temo.

"Lana," dico con voce strozzata, ormai febbricitante. Percepisco il cambiamento in arrivo. Le zanne si allungano per marchiarla. Devo anche aver cambiato colore di occhi.

"Oddio, Teddy. Teddy. Teddy!" strilla. La trafiggo e veniamo insieme. I muscoli stretti mi stritolano l'uccello e mi pulsano attorno alla circonferenza mentre le sborro dentro a ripetizione.

Aspetto a marchiarla, aspetto di aver scollinato con lei l'orgasmo. Aspetto che si sia fatta molle e dolcemente gemente sotto di me. Solo allora abbasso il capo e affondo i denti nella morbida carne del seno. Ne mordo il lato superiore, dove sale per congiungersi con la spalla.

Trasalisce, sgrana gli occhi e mi si aggrappa alla testa.

Oh, fato... se l'ho traumatizzata mi ammazzo. Estraggo con cautela i denti. "Scusami, piccolina. Scusami tanto. Stai bene?" Passo la lingua sulle ferite per pulirle e donarle le proprietà guarenti della mia saliva. Non è potente come quella dei vampiri, ma aiuta.

"Wow. Ehm, no. Sto bene. Mi hai marchiata? Mi hai morso il seno."

Le accarezzo col pollice la tenera guancia. "Sì, piccolina. Adoro questi seni. Volevo vederci sempre il mio marchio, quando sei nuda."

Scoppia in una veloce risata. "Adesso sono tua?"

L'orso tuona di soddisfazione. *La mia compagna.*

Ripeto le parole a voce per Lana. "Per sempre, piccolina. Gli orsi si accoppiano per la vita. Ormai non si torna indietro."

"Come lo volessi..."

La catastrofe sfiorata con la cancellazione della memoria e l'assassinio è troppo recente perché non rabbrividisca all'idea di perderla. "Non ti lascerò andare mai più. Mai, mai," le prometto.

"Ok, vichingo." Chiude gli occhi; il marchio, il sesso e l'assurdità di questa giornata le pesano addosso.

Crollo al suo fianco e modello il corpo attorno al suo, posandole un braccio sotto ai seni. "Ti amo."

"Mmm," mormora sonnolenta. "Ti amo anch'io, orso vichingo."

Epilogo

"Sto solo dicendo," dico allargando le mani per chiarire il punto, "che il suo orso è marrone chiaro, ed enorme. Grande quanto Everest."

Teddy sorride nel modo indulgente cui ricorre quando faccio la carina ridicola. "Dove vuoi arrivare, piccolina?"

Mi guardo intorno. Ci troviamo in mezzo al bosco per riportare il quad in paese. Non c'è nessuno, ma non voglio rischiare, quindi abbasso la voce. "Matthias è un grolare."

"Teoria interessante. Sai, basta chiederglielo, eh."

"Gliel'ho chiesto! Lui mi ha guardata facendo tutto il misterioso. Mi sono scocciata e ho cominciato a parlare dell'efficacia degli anticoncezionali nei rapporti tra umane e mutanti. Sai, nel caso in cui il tuo sperma mutante potentissimo mi invadesse l'utero, mi levasse la spirale e m'ingravidasse. Voglio farmi trovare pronta."

Si vede che non si aspettava questa virata nella conversazione. Aggrotta la fronte, però resta notevolmente calmo. "E cos'ha detto?"

"Ha detto che nella tua famiglia ci sono tanti gemelli."

Trasalisco. Malgrado desideri un orsetto bruno in corsa attorno alla baita o alla casa di Los Angeles, speravo in una luna di miele priva di bambini. O tre.

"Quando rimarrai incinta, fossero due gemelli o tre, o una combinazione di entrambi, ce la caveremo. Insieme." Sempre guidando il quad, mi prende la mano e mi bacia le nocche, appena sopra all'anello di fidanzamento di morganite.

Lascio che il calore si diffonda per la pancia e aspetto che parcheggi per dire, "Quindi vuoi fare dei figli con me?'"

"Oh, sì. Un giorno." S'immette nel posteggio e si sporge in avanti. "Fino ad allora, farò del mio meglio per riempirti del mio supersperma da mutante a ogni occasione buona. Sai, per fare pratica." Mi mordicchia l'orecchio.

"Mmm," acconsento con un borbottio.

"Prima però la riunione, o Daisy mi stacca la testa a morsi."

Mi aiuta a scendere dal mezzo. Indosso abiti da Los Angeles: una tuta dorata di un rosa scintillante con stivali dai tacchi alti coordinati. Siamo appena tornati dalla mia casa ufficio per l'assemblea del paese. Il suo lavoro come pilota di elicotteri si rende molto utile. Finché non aprirò un ufficio della GoddessWear vicino alla montagna, sarò la sua unica e sola cliente. Non è facile spostarsi sempre per lavoro, però fra qualche mese un nuovo amministratore delegato prenderà il mio posto, così riuscirò a fare un passo indietro e pianificare il matrimonio. Lui era riluttante alla cosa, ma gli ho assicurato che sarà una cerimonia intima – niente chiasso e niente telecamere.

Non gli ho ancora detto dei kilt color malva.

"Lana!" Maisy mi saluta con la mano quando entriamo nella sala. Trotterello da lei e l'abbraccio appena dandole due baci sulle guance.

"Ma guardati..." Arretro per vedere com'è vestita.

"Un Lana Langmeyer originale." Si mette in posa per esibire la mia nuova creazione, l'abito aderente peekaboo che sta andando a ruba. L'ho disegnato dopo che Teddy mi ha marchiata sul seno. Quando indosso il mio, il taglio sulla mia abbondante scollatura lo fa impazzire.

"Il rosa ti dona."

"Già." Ha raggiunto il gruppetto Matthias. Squadra Maisy da capo a piedi e annuisce.

Sul petto nudo le affiora un certo rossore, che si diffonde fino al viso. "G-Grazie." Schiaffa la mano sul collo, ora rosato. "Devo... ehm, andare a... ad aiutare la nonna." Scappa via, e mi segno mentalmente di prendere in giro Matthias perché ci prova con le donne del paese, dopo.

"Bentornata." Si china per darmi un bacio sulla guancia. "Noi siamo davanti. Ti abbiamo tenuto il posto."

Sulla parte anteriore della stanza, Everest si staglia come un usciere incombente sulla fila di Bad Bear. I tre gemelli sono tutti stravaccati. Axel sembra dormire. E in fondo una figura familiare dalla testa bionda e col completo grigio siede drittissima con la ventiquattrore ai piedi.

"Ma è Darius?" domando accomodandomi fra Teddy e Matthias.

"Sì," fa il secondo. "È venuto a proporre un altro progetto immobiliare, credo."

Mentre aspettiamo l'inizio dell'assemblea, mi trilla il telefono e lo prendo per vedere le notifiche.

"Meglio che lo metti via," mi avverte Teddy. "Altrimenti Daisy..."

"Lo so, lo so." Leggo il messaggio del direttore finanziario e soffoco uno strillo.

"Buone notizie?" chiede Teddy. Mi legge come un libro aperto.

"Ottime." Levo la suoneria e mi infilo il telefono nella borsetta. "Ti dico dopo."

Sul palco, Daisy ci riporta all'ordine. "Accomodatevi, prego." Maisy le porge un martelletto, che sbatte sul podio. "Oggi ci vediamo in circostanze molto diverse." Fa una pausa per assicurarsi di avere tutti gli occhi addosso. "Sono felice di annunciare l'apertura del fondo fiduciario del monte Bad Bear, una no-profit devota alla conservazione della bellezza e degli spazi selvatici della montagna che proprio stamattina ha ricevuto una donazione di dieci milioni di dollari da usare per saldare i debiti del paese." Altra pausa, ma è il silenzio ad accogliere Daisy. Abbiamo tutti la bocca spalancata.

I fiori finti della fascia rimbalzano quando la sindaca annuisce. "Vorrei tanto ringraziare il donatore, ma desidera rimanere anonimo. Stiamo ancora accettando proposte per un nuovo sviluppo residenziale, ma alla luce di questa novità possiamo scegliere con calma cos'è meglio per la montagna. Grazie." Sbatte il martelletto e, con l'aiuto di Maisy, arranca giù dal palco ed esce dalla stanza in un ronzio di shock e sollievo.

"Cos'ha detto?" chiede Hutch.

"Che siamo molto fortunati," mormora Matthias. "Qualcuno dal portafoglio bello gonfio deve adorare la montagna."

"Che meraviglia," intono io evitando lo sguardo attento di Matthias. L'ha capito. È sempre due o tre mosse avanti agli altri. Oppure gli occhiali sono a raggi X. "Torniamo alla baita a festeggiare?"

Quando ci alziamo viene da noi Darius, con la mano tesa come volesse stringermela. Teddy mi tira al suo fianco, e quindi se la rimette in tasca. "Congratulazioni."

"Perché le fai le congratulazioni?"

"Non lo sai? È uscito il nuovo resoconto finanziario della GoddessWear. Lascio che ti dia la buona notizia Lana, però."

"Ehm," dico in un sussurro, anche se so che tutti gli orsi mutanti che mi circondano possono sentirmi. "L'azienda è appena stata valutata un miliardo."

"Che bello, piccolina," mormora Teddy. Non ha idea di che significa.

"È tutta tua, vero?" domanda Darius.

"Sì."

Teddy batte le ciglia. "Ma quindi..."

"Sono una miliardaria. Tecnicamente. Non che abbia tanti soldi in tasca, eh."

"Evviva," dicono all'unisono i Terribili tre.

"Che meraviglia," fa Matthias. "Brava."

"Grazie," bisbiglio.

Teddy aspetta di essere di nuovo nel bosco, in relativa privacy e a cavallo del quad, per dire, "Sei tu la donatrice, vero?"

"Sì. Be', tecnicamente il regalo proviene dalla proprietà dei miei. Bentley mi ha dato il consenso." Ha cambiato drammaticamente personalità dalla cancellazione della memoria. Per fortuna in meglio. Temo comunque non si potesse fare peggio...

Frena il quad per voltarsi a prendermi il viso tra le mani. "Ti amo, piccolina."

"Ti amo anch'io." Il mio respiro gli accarezza il volto per un secondo, prima che mi catturi la bocca in un bacio sigillante.

Un trio di forti urla ci fa separare di scatto. Sbucano dal bosco di corsa Hutch, Bern e Canyon. Tra gli alberi le ombre giocano sulle forme enormi di un orso polare e di un grizzly – o magari un grolare.

I Terribili tre schiaffeggiano i fianchi del quad, strillando prima di correre dritti davanti a noi. "Dai, Lana," mi chiama Hutch. "Facciamo una torta!"

Teddy si pizzica il naso.

"Adoro la tua famiglia."

Sospira e accelera. "Anch'io. Ma dopo la torta li caccio fuori a calci e ti lego al letto."

"Perdindirindina," sussurro.

Non vedo l'ora.

OTTIENI IL TUO LIBRO GRATIS!

Iscrivetevi alla newsletter di Midnight Romance per ricevere La Vergine e il Vampiro e notifiche riguardo a nuove pubblicazioni!

https://dl.bookfunnel.com/wg56byh1hb

OTTIENI IL TUO LIBRO GRATIS!

Iscrivetevi alla newsletter di Renee per ricevere Preludio e Indomita, scene bonus gratuite e notifiche riguardo a nuove pubblicazioni!

https://subscribepage.com/reneeroseit

Altri libri di Renee Rose

Alfa ribelli

Tentazione Alfa

Pericolo Alfa

Un premio per l'Alfa

Una Sfida per l'alfa

Obsession Alfa

Desiderio Alfa

Guerra Alfa

Missione Alfa

Tormento Alfa

Segreto Alfa

La preda dell'Alfa

Il sole dell'Alfa

Sangue Alfa

La luna dell'Alfa

Giuramento Alfa

La vendetta dell'Alfa

Fuoco Alfa

Salvataggio Alfa

Ordine Alfa

Wolf Ridge High

Alfa Bullo

Alfa Cavaliere

Fratellastro Alfa

Wolf Ranch

Brutale

Selvaggio

Animalesco

Disumano

Feroce

Spietato

Due Segni

Indomita (gratuito)

Tentazione

Deseada

Sedotta

Uomo d'onore

Non provocarmi

Non tentarmi

Non costringermi

I peccati di Chicago

La tana dei peccati

Radicato nel peccato

His Queen of Clubs

Dead Man's Hand

Wild Card

Gli alfa di montagna

Eroe

Ribelle

Guerriero

Padroni di Zandia

La sua Schiava Umana

La Sua Prigioniera Umana

L'addestramento della sua umana

La sua ribelle umana

La sua incubatrice umana

Il suo Compagno e Padrone

Cucciolo Zandiano

La sua Proprietà Umana

La loro compagna zandiana (gratuito)

Altri romanzi di Lee Savino

Romanzo Paranormale

La saga dei Berserker
Venduta ai Berserker
Accoppiata ai Berserker
Presa dai Berserker
Data ai Berserker
Rivendicata dai Berserker
Salvata dai Berserker
Catturata dai Berserker
Rapita dai Berserker
Legata ai Berserker
La Notte dei Berserker
Posseduta dai Berserker
Domata dai Berserker
Comandata dai Berserker

Alfa ribelli con Renee Rose
Tentazione Alfa
Pericolo Alfa
Un premio per l'Alfa
Una sfida per l'alfa
Obsession Alfa
Desiderio Alfa
Guerra Alfa
Missione Alfa
Tormento Alfa
Segreto Alfa
La preda dell'Alfa
il sole dell'Alfa
La luna dell'Alfa

Sangue Alfa

L'autore Renee Rose

L'autrice oggi bestseller negli Stati Uniti Renee Rose ama gli eroi alfa dominanti dal linguaggio sboccato! Ha venduto oltre un milione di copie dei suoi romanzi bollenti, con variabili livelli di erotismo. I suoi libri sono comparsi su *USA Today's Happily Ever After* e *Popsugar*. Nominata *Migliore autrice erotica da Eroticon USA* nel 2013, ha vinto come autrice antologica e di fantascienza preferita dello *Spunky and Sassy*, come miglior romanzo storico sul *The Romance Reviews* e migliore coppia e autrice di fantascienza, paranormale, storica, erotica ed ageplay dello *Spanking Romance Reviews*. È entrata dieci volte nella lista di *USA Today* con varie antologie.

Iscrivetevi alla newsletter di Renee per ricevere scene bonus gratuite e notifiche riguardo a nuove pubblicazioni!
https://www.subscribepage.com/reneeroseit

 facebook.com/Autrice-Renee-Rose-101548325414563

 instagram.com/reneeroseromance

L'autore Lee Savino

Lee Savino è una fra le migliori scrittrici di libri erotici 'smexy' al giorno d'oggi negli Stati Uniti. 'Smexy' nel senso di 'smart e sexy': storie sensuali ed argute. La puoi trovare nel gruppo Goddess in Facebook ed è possibile scaricare un suo libro gratuito su https://leesavino.com/italiano!

Ricevi un libro gratuito, **Allevata dai Berserker** (solo per i fan più sfegatati iscritti alla newsletter di Lee). **Clicca qui per cominciare**